La Scala

Mario Soldati

L'architetto

Rizzoli Editore
MILANO 1985

ISBN 88-17-66701-3

Seconda edizione: marzo 1986

L'architetto

All'apparir del vero ...
Leopardi

1

Lizzie veniva verso di me correndo. La vidi a un tratto, dall'alto dello scaffolding ma così rimpicciolita per la distanza e così schiacciata dalla prospettiva che il suo vestitino verde vivo non disturbava né lo sfondo sfumato dello skyline di Chicago né l'intrico ortogonale e mondrianesco delle nere tubature. Per caso, per godere un istante il panorama del lago e la brezza della mattina primaverile, mi ero affacciato proprio allora al ridicolo, assurdo davanzale spesso 75 centimetri di una di quelle sciagurate mille finestre che mi ossessionavano col problema dell'incorporato doppio meccanismo di chiusura. Ma un istante bastò, indovinai subito nella disfrenata corsa di Lizzie il particolare entusiasmo che la possedeva tutte le volte che poteva recarmi una notizia sgradevole o addirittura inquietante: malgrado la sua straordinaria intelligenza e devozione, apparteneva anche lei alla categoria dei subalterni catastrofici!

Eppure, quando ancora trafelata arrivò in alto col traballante saliscendi dei muratori e di slancio saltò sul planking, tutto ciò che doveva dirmi era cosa da niente: passando dalla baracca degli uffici aveva trovato un messaggio da Chicago, del portiere del nostro albergo. C'era per me una telefonata urgente provenienza Roma:

«There is no reason at all you should worry» aggiunse subito Lizzie, non esiste nessuna ragione che ti debba preoccupare. Oh, certo! l'incosciente vizio dei subalterni catastrofici è complicato e contraddittorio: vogliono essere i primi anche a rassicurare!

Per fortuna non riuscivo a pensare notizie in grado di spaventarmi. Mia moglie e i miei figli vivevano a Milano, i miei amici più cari anch'essi a Milano o in diverse città del mondo, nessuno a Roma. Domandai di chi fosse la telefonata. Qualcuno che parlava solo italiano, il portiere non aveva capito il nome. Lizzie tuttavia si accorse che mi ero rabbuiato, e io capii che ciò la addolorava e allo stesso tempo la eccitava: sì, una nuova fettina di potere che acquistava su di me! Fui allora io a rassicurare lei e, questo, senza bisogno di mentire: sincerissimo, diamine. Mi ero rabbuiato? Ma senza motivi precisi... salvo, forse, un sospetto, una domanda sinistra che a poco a poco finii col rivolgermi quando già ero tornato alle mie finestre: che cosa mai, da Roma, poteva venirmi di buono?

Rimasi in cantiere l'intera giornata a discutere con i tecnici. Come spiegare le difficoltà che avevo incontrato? E come, senza l'aiuto di fotografie e schizzi ecc. che sarebbero chiari a soli specialisti, dare un'idea della copertura metallica che avevo preteso per non rovinare il mio progetto e, insieme, contentare i più stupidi, i più ostinati sapientoni della commissione di controllo, cioè proprio gli architetti di cui più si fidavano i pezzi grossi del trust? A loro volta, i sapientoni avevano consegnato la patata bollente a un gruppo di tecnici, e appunto con costoro avevo a che fare oggi. Dopo un litigioso lunch di lavoro, dimenticando my usual nap, la mia breve siesta a cui non rinunciavo mai, continuai la battaglia.

Nel progetto avevo previsto finestre all'antica: apertura manuale. La commissione, invece, voleva finestre immobili, aria condizionata a temperature variabili. Ma ci eravamo subito messi d'accordo, raggiungendo un compromesso: l'adozione di un meccanismo che permettesse l'uso alternativo di entrambe le chiusure. E dovevo, appunto oggi, scegliere insieme ai tecnici il migliore tra i vari modelli che avevamo fatto costruire di double gear, throw-in e throw-out, innesto e disinnesto dell'elettricità. Teoricamente, era manovra semplicissima: trac trac, dalla nostra buona vecchia *cremonese*, due aste verticali comandate mediante la rotazione di una normale maniglia, si passava all'energia elettrica che chiudeva oppure permetteva di aprire, tutte insieme, le finestre di un piano. E, teoricamente, i tempi delle due manovre avrebbero dovuto essere identici. Incredibile, abbiamo perso ore a cronometrare uno dopo l'altro tutti i modelli: ma i due tempi per passare dal manuale all'elettronico e viceversa non erano mai uguali, anzi, esisteva sempre una notevole differenza tra l'uno e l'altro. Inoltre, io propendevo per un modello che dava la possibilità, in qualunque momento, di aprire o di chiudere ogni finestra, ma i tecnici concordi si ostinavano a esigere un modello che presentava un inconveniente assurdo: ogni finestra poteva, sì, venire aperta a mano in qualunque momento, anche quando tutte erano chiuse elettricamente, ma nessuna poteva venire chiusa a mano, bisognava richiuderle tutte insieme!

Naturalmente, io non potevo cedere. Ma neanche loro hanno ceduto. E le cose, quel triste giorno, si fermarono lì. Ridicolo a dirsi: era la prima grossa noia che mi capitava da quando non avevo esitato a gettarmi con entusiasmo in un'impresa così meravigliosa come la I.U.H. Accanto a Lizzie, che con la sua piccola Capri verdechiara come il suo vestitino mi riportava all'albergo dove forse avrei saputo che cosa significava quella telefonata da Roma, ma chissà, forse si trattava di uno sbaglio cretino... accanto a Lizzie, una volta tanto me ne stavo quieto, senza lamentarmi, senza chiacchierare, fingendo di assopirmi. Pensavo alle finestre, a come mandare all'inferno tutti i tecnici e anche agli sbagli che potevo avere fatto trattando con qualcuno di loro meno intelligente degli altri, e al mio comportamento non proprio diplomatico, talvolta incapace di moderare uno spontaneo umorismo, e non abbastanza consapevole di uno sciocco complesso di superiorità. Seccato con me stesso, desideroso di riflettere e giustificarmi, nulla mi avrebbe irritato, in quel momento, come la solita, irrefrenabile chiacchiera della mia cara Lizzie e più ancora, forse, il suo accento newyorkese, quello che Henry James chiamava «drawling». Continuai, perciò, a fingere di dormire, ma, senza volerlo, aprivo appena appena l'occhio destro — in direzione, cioè, del finestrino e non di Lizzie — e attraverso la fitta rete delle ciglia vedevo sfrecciare la strada che percorrevo sempre la stessa due volte al giorno, e mi tornavano a mente questi ultimi anni della mia vita già così lunga, e questa ultima avventura...

...qualche tempo fa, verso la metà degli anni Settanta, mi trovavo a Chicago. C'era il Congresso Mondiale di Architettura e finalmente potevo parteciparvi. Prima, nelle ricorrenze della stessa occasione, ero già stato a New York, San Francisco, Miami; ma impegni di lavoro mi avevano trattenuto in Europa ogni volta che il Congresso si teneva qui! Ora, questa era la città che verso la fine del secolo scorso divenne il terreno sperimentale della «Scuola di Chicago», famosa in tutto il mondo per la storia dell'architettura moderna. Qui nel 1883 W.L. Baron Jenney costruì il primo grattacielo propriamente detto, lo Home Insurance Building. Qui Frank Lloyd Wright, pioniere solitario, il più grande architetto del nostro secolo, fece le sue prime prove, e più tardi costruì le sue Prairie Houses, fondò la sua Prairie School.

Infine, Chicago era la città degli States che conoscevo meglio di ogni altra, scelta d'obbligo per un laureato in architettura che, superato l'esame di stato in Italia, volesse *perfezionarsi* in America. Venni a Chicago nel '29, e vi rimasi a lungo: presidente era Hoover, non ancora Roosevelt, non ancora il New Deal!

Ebbene, dopo la guerra, sono tornato molte volte in America e un po' dappertutto negli States ma, per uno strano destino, senza mai venire a Chicago! Sino a quando colsi l'occasione del Congresso per rivedere questi luoghi così cari alla mia gioventù, e allora lo stesso destino superandosi in stranezza manovrò in modo che appunto a Chicago, prossimo ormai alla vecchiaia, ricevessi forse la migliore, la massima offerta di lavoro di tutta la mia vita.

Si trattava di progettare l'intera costruzione della I.U.H., la International University of the Humanities, che doveva sorgere, a poche miglia dalla città, sulla riva occidentale del Michigan.

Naturalmente, i grandi capitalisti del trust, i

banchieri e gli industriali che finanziavano l'impresa erano partiti con un grande programma pubblicitario. E calcolando la necessità di presentare una faccia culturalmente prestigiosa avevano voluto quattro grossi nomi come sponsors, quattro garanzie di un'assoluta serietà: Saul Bellow e Norman Mailer, il poeta James Merrill e il critico George Steiner. Naturalmente, li avevo conosciuti: ma li avevo visti una sola volta, alla cerimonia for the laying of the corner stone, la posa della prima pietra, sul promontorio di Wilmette, tra le due baie.

Il mio progetto poteva definirsi la traduzione architettonica della parola che aveva ispirato tutti questi sopracciò della finanza e della cultura a battezzare, concordi sebbene in malafede perché ignari del concreto significato storico della parola stessa, a battezzare la nuova Università col crisma dell'Umanesimo. In uno straordinario trasporto di fervore, credendo io sul serio all'Umanesimo, il mio primo pensiero volò al *genius loci*: a F. L. Wright, un vero, spontaneo, irresistibile umanista. E l'espressione genius loci è doppiamente valida, in questo particolare caso perché Wright cominciò a operare qui, in tutti i casi perché secondo Wright l'architettura doveva essere antiformale, organica, figlia del genius loci e delle proprietà specifiche dell'ambiente: clima, paesaggio, terreno, vegetazione, materiali di costruzione.

Tuttavia, diversamente dal solito, il mio progetto era destinato a attraversare una strana peripezia. Raggiunto con quelli del trust un immediato accordo di massima circa le condizioni economiche del mio impegno, ebbi subito una quantità di idee su ciò che assolutamente *non si doveva fare*: nessuna su ciò che mi sarebbe piaciuto. Poi, nelle settimane successive, allungai a poco a poco la lista delle perentorie esclusioni annotandomele in un apposito taccuino, e intanto evitavo di riflettere un solo istante al grande problema del progetto in sé. Insomma, ci fu una pausa. E perché mai? Molto semplice. Dawson e Parker, i due principali incaricati dal trust, rinviavano di giorno in giorno la stesura del vero e proprio contratto, e a me non andava di incominciare a lavorare prima di averlo visto e firmato: temevo che mi portasse sfortuna. Follia. Scaramanzia.

Forse mi aveva irritato il comportamento di quei due. In attesa del contratto, il tempo cominciò a passare e anche se non era affatto stabilito che io dovessi dedicare giorno su giorno a occuparmi del progetto, a studiarlo, a prepararlo, Dawson e Parker seguitavano a parlarmene come se, sospettando la verità, volessero incitarmi al lavoro. Presto e per caso scoprii che, invece, erano ingenui e innocenti: ma proprio questa loro ingenuità e innocenza fu la causa della mia irritazione.

Ogni mattina, infatti, percorrevo 50 miglia

con la mia Jaguar, andata e ritorno tra Chicago e Wilmette, dove assistevo alle necessarie fotografie, misurazioni, trivellazioni — ma puntualmente, nel pomeriggio, mi guardavo bene dal prendere in mano una matita, disegnare una pianta, schizzare un profilo, tracciare un frego qualsiasi. E ecco come feci la scoperta: ebbi una prova che non cercavo.

L'indomani del giorno in cui mi era stata fatta la straordinaria proposta di costruire la I.U.H., il direttore dell'albergo Drake dove ero sceso mi comunicò una novità, aveva ricevuto l'ordine di traslocarmi. Senz'altro mi accompagnò al settimo piano. Era una suite sontuosa, principesca: camera da letto, salotto, studio. E nello studio trovai, completa di accessori, questa perfetta, grandissima tavola da disegno che uso da quattro anni — ma che, in quel momento, ebbe il potere di mandarmi in bestia!

Il contratto dunque tardava per le solite complicazioni burocratiche e sindacali, dato che non ero a citizen of the U.S. Così mi avevano detto Dawson e Parker, e a me parevano soltanto delle scuse. Credevo che mentissero mentre erano sinceri, non nascondevano altri scopi, non indagavano su di me. Se un minimo sospetto li sfiorava, si sarebbero affrettati a informarsi dai camerieri dell'albergo su come passavo i miei pomeriggi, e avrebbero saputo che la grande tavola da disegno rimaneva immacolata.

Ripeto: la scoperta della franchezza di Dawson e Parker non mi persuase a contraccambiarla come certamente sarebbe stato mio dovere. Forse ci tenevo troppo a fare la I.U.H. La scaramanzia era più forte di tutto, e il cattivo umore mi passò d'incanto solo quando, arrivato un bel giorno il contratto regolare con le firme del trust, vi applicai la mia. Era il 17 novembre. No, non sono superstizioso, eppure dalla nascita alla laurea e a tutti i più importanti avvenimenti della mia vita, la data è sempre il diciassette!

La cerimonia della firma del contratto, come quella della posa della prima pietra, si svolse a Wilmette, all'interno di una grossa baracca prefabbricata, provvisoria sede amministrativa del cantiere e per il momento unico immobile che spiccava, verniciato di un lucidissimo verdevagone, in mezzo alla prima neve caduta sull'area del mio futuro capolavoro.

Fuori faceva molto freddo ma non nelle stanze della baracca, così ben scaldata che bisognava tenere aperte le finestre. Brindammo a bourbon, bicchieroni di neat, e ci sbrigammo. Era un sabato mattina. All'uscita, capii che, digiuno (refrattario al breakfast adesso come quarant'anni prima!), ero allegro, anzi un po' brillo. Saltai sulla mia Jaguar, felice di essere solo. Non esisteva ancora Lizzie. E felice di guidare in velocità su quei lisci lunghi rettilinei verso Chicago. Per la prima volta, all'improvviso, mi ricordai che c'era, là, a aspettarmi, la mia splendida tavola da disegno. Avevo una voglia matta di disegnare. Ma che cosa?

Rallentai. Che cosa avrei disegnato? Come diavolo era la mia Università?

Mi fermai. Ripartii, ma per tornare indietro. Tornai alla baracca verdevagone. Non c'era più nessuno. Il cielo, un immenso soffitto grigio, unito, compatto. Il lago, una lastra di peltro. E il fumo bianco che usciva dal tubo di latta e saliva verticale nell'aria ferma e gelida mi diceva che Mic, il custode della baracca, tra poco si sarebbe seduto con gioia davanti al suo lunch. Era jugoslavo, giovane, simpaticissimo. Nelle mie visite quotidiane a Wilmette, avevamo fatto amicizia. Ah, perché non entravo? Sapevo che mi avrebbe invitato a mangiare con lui, e io ero affamato, affamato, il bourbon neat aveva scavato nel mio stomaco un buco da riempire subito.

I capelli biondi e riccioluti di Mic, il suo volto scavato e pallido, il suo sorriso malizioso e buono si sovrapponevano nel mio sguardo alla sottile, lieve, appena palpitante colonnina di fumo bianco e alla tentazione che provavo di mangiare insieme con lui. Credo di non avere mai sofferto una tentazione così terribile anche se in sé innocente: infatti ero tornato indietro a Wilmette perché sentivo che quel momento non si sarebbe ripetuto e che era destinato a qualcosa di più. Chissà, la fame, qualche volta, è meglio non soddisfarla, ispira.

Uscii dalla Jaguar e chiusi lo sportello cercando di non fare rumore. Forse un istinto angelico mi aveva guidato, mi ero fermato non proprio lontano dalla baracca ma abbastanza perché Mic non mi udisse. Altrimenti, se Mic veniva fuori, se Mic mi vedeva, tutto era perduto.

Me ne andai piano piano sulla prima neve, attento a non scivolare. Camminai per buoni venti minuti. Arrivai fino al ciglio del promontorio. La base del faro era un parallelepipedo, quattro alti gradini di labradorite. Qualcuno aveva spazzato accuratamente la neve. Ma sapevo che non c'erano custodi. Il faro scattava cronometrato da un prestabilito dispositivo elettronico, variabile secondo il variare delle stagioni e azionato dalla centrale di Winnetka, che in caso di nebbia poteva accenderlo anche di giorno, a qualunque ora. Salii sul primo gradino e continuando passai dall'altra parte dove la mole del faro era a picco sul lago e mi nascondeva all'acuta vista di Mic. Certo, se gli saltava in mente di fare due passi, avrebbe riconosciuto la Jaguar. Ma non credo sarebbe venuto a cercarmi così lontano. Mi guardai intorno. Non mi ero mai spinto fino qui, e mi resi conto che, invece, avrei dovuto venirci dal primo giorno.

Proprio la base del faro, grazie alla quota del suo naturale rilievo su tutte le modeste ondulazioni del terreno per un raggio di alcune miglia, era il solo punto dove si poteva fantasticare, sognare di vedere sorgere, un po' come nel fenomeno detto *fata morgana*, un complesso architettonico di una serie di edifici in razionale armonia con la struttura del paesaggio.

I sapientoni, naturalmente, si erano adoperati affinché, prima cosa, io perlustrassi la zona con un elicottero.

«Grazie, no!» avevo detto subito. «Verrò con l'elicottero soltanto dopo avere *visto* come è l'Università che mi piace e dopo averla disegnata su una planimetria al diecimila! Forse che noi viviamo in aria? Viviamo sulla terra, molto tempo in macchina purtroppo, ma le idee giuste vengono solo quando sulla terra posiamo i piedi!»

I sapientoni allora scoppiarono in una concorde e corale risata adulatrice. Credevano che volessi fare dello spirito, poveri disgraziati!

Ma ecco: eccola la mia Università. L'ho *vista* quella mattina, dalla base del faro di Wilmette, in un improvviso lampo d'argento che illuminò il plumbeo Michigan e le due lunghissime, sottili ghirlande della risacca lacustre, silenziosa e bianca contro la roccia scura, scioltasi ormai la neve: cioè gli orli delle due lunghissime baie, una a nord l'altra a sud di questo faro che le separava e insieme le collegava come il rostro di un'aquila che, puntato al cielo, collega e separa le due nere ali distese.

E era così. Al centro, al posto del faro, ma su un'area cento volte maggiore, la facoltà di Architettura. Simile al Castello Estense di Ferrara, al Castello Sforzesco di Milano, al Castello di

Sanvitale presso Fontanellato, rinascimento norditaliano con i merli e le torri coperti da tetti di tegole embriciate, esattamente come le non lontane di qui Prairie Houses di Wright — e, subito sotto i tetti, una corona di superattici non più larghi di cinque metri, lunghe passeggiate panoramiche e munite di grandi cristalli (questi sì, scorrevoli, automatici, apribili) di modo che dal livello del suolo si vede sempre, attraverso i cristalli o senza i cristalli, la luce del cielo, insomma superattici tutti traforati — e le muraglie anch'esse tutte traforate da finestre apribili e chiudibili a mano, con le loro cremonesi — e, infine, a terreno, una ininterrotta serie di portici altrettanto fitta e ariosa di quella dei merli alla sommità! Castelli? Fortezze? Sì, ma fortezze aperte, fortezze chiare, traforate, spalancate, spalancabili! L'espressione inglese era più semplice, più entusiasmante: wide-open fortresses. Le fortezze aperte della Cultura, le fortezze dell'Università Umanistica e Internazionale!

Chi è un architetto? L'architetto è un sarto che riveste l'umanità. E l'architettura è l'arte delle arti, quella che le riunisce e suggerisce tutte.

Architettura, dunque, era il centro, la chiave, il simbolo stesso di tutte le altre facoltà. E gli edifici di tutte le altre discipline umanistiche, rivestendo la terra sparsi tra il lago e le foreste, imitavano le curve delle due baie, le due ali dell'aquila, otto a nord e otto a sud di Architettura!

Otto a nord e otto a sud: sedici e, con Architettura, diciassette!

Diciassette, ma quali sarebbero state le discipline? A questo scopo, già prima del mio arrivo a Chicago, era stata nominata una commissione con pieni poteri di decisione. Si trattava di una scelta che non spettava a me. In seguito, quando consegnai il mio progetto ultimato, proposi il numero di diciassette facoltà corrispondenti a diciassette edifici praticamente identici l'uno all'altro, salvo quello di Architettura che, grande il doppio, ospitava il rettorato e l'amministrazione. E questa parte del progetto fu immediatamente accettata. Proposi allora, provvisoriamente, e più che altro per accompagnare i disegni non con numeri astratti ma con la vita dei nomi, la seguente lista, che ricopio alla rinfusa, senza quell'ordine che dovrà essere studiato dalla commissione. Voilà: architettura e poi letteratura, musica, scultura, pittura, filosofia, storia, linguistica, semiotica, danza, teatro, cinema, geografia, moda, archeologia, pedagogia, artigianato.

Perfino questi nomi, giuro anche se non sarò creduto, li pensai insieme alla ridda di tutti i particolari che mi erano venuti in mente nel tempo di pochi minuti mentre passeggiavo adagio intorno alla base del faro e mi fermavo a contemplare ora il lago, ora il cielo, e ora, molto più a lungo, la foresta di betulle e di abeti a occidente dove si scorgevano, qua e là, come mostri addormentati, le macchine di misurazione e trivellazione. Ma presto mi staccai da quel luogo magico, ero ansioso di tornare al Drake, smanioso di disegnare. Non sentivo più la fame, soffrivo soltanto di non avere in mano una matita. E arrivai alla baracca, salii sulla Jaguar, partii dimenticandomi dell'esistenza di Mic.

Durante il velocissimo tragitto, non feci che ricordare, uno dopo l'altro, vorticosamente, i particolari a cui avevo già pensato nel mio lento, propiziatorio, rituale, quasi religioso itinerario intorno alla base del faro. Il faro? La serie delle mie riflessioni mi ricondusse appunto al faro e fu come se cozzassi con la Jaguar contro qualcosa. Qualcosa che non c'era se non nel mio pensiero, ma un pensiero così inaspettato e così violento che fui obbligato a fermarmi. Il faro? Ma sì, il faro bisognava demolirlo!

La fortezza aperta di Architettura non poteva trovarselo davanti! Naturalmente, era la prima cosa che avrei comunicato a Dawson e Parker lunedì mattina. Bisognava trovare un rimedio. E come? Sostituire il faro con due fari, uno all'estremo limite della baia nord, l'altro all'estremo limite della baia sud? O aggiungerne, magari, un terzo, su una grossa boa galleggiante alla necessaria distanza dalla riva, in asse con la punta del promontorio?

Il faro, il simpatico faro a cui dovevo la mia idea, era dunque il primo ostacolo che si doveva abbattere per realizzarla.

2

4 p.m., ero al Drake. Lasciai al doorman la macchina da parcheggiare. Atmosfera del sabato pomeriggio: nella luce diffusa dall'altissima volta a mosaici, il grande atrio damascato di verde era deserto e forse per questo mi sembrò più vasto del vero. Vasto come mi appariva quando vi entravo da ragazzo e mi incuteva reverenza, timore, dubbio: avrei continuato, nella mia vita, nella mia professione, a riscuotere il successo che già sembrava delinearsi, oppure no? Così mi chiedevo allora, a venticinque anni.

Ebbene, adesso, raggiunti i settanta, provavo forse qualcosa di peggio: paura del ridicolo. Non era follia, questa? Non era presunzione, autoesaltazione di un vecchio rimbambito che scambiava per gemme di un genio i ghiribizzi, le scorie capricciose della sua esperienza e della sua cultura? E se un rapido sguardo all'atrio del Drake era bastato a ingigantirlo, non avrei dovuto riflettere e capire che si trattava di un fenomeno niente affatto ridicolo, ma caso mai tragico?

Tornando qui per la prima volta dopo quarantacinque anni, avevo trovato Chicago tutta cambiata meno il grande atrio del Drake che già nel '31 era il più importante albergo della città. Lo ricordavo non certo per avervi abitato. Come borsista al perfezionamento, il mio domicilio era, allora, la modesta stanzetta di un college, docce e gabinetti alla fine del corridoio e in comune con i semplici studenti. Ma ero andato, ero entrato più di una volta al Drake per conoscere celebrità europee e giapponesi, famosi architetti, visiting professors invitati a tenere corsi e conferenze nella nostra facoltà. E la mia suite oggi era proprio una di quelle riservate, nel '31, alle celebrità.

Certo, quel giorno di novembre, al ritorno da Wilmette, quel giorno decisivo per la sorte del colossale lavoro che, subito dopo essermi impegnato a eseguirlo, avevo avuto la fortuna di immaginare *come* eseguirlo, era naturale, era scusabile ricordare la mia gioventù! Però non sostai ad ammirare il grande atrio, mi infilai di furia nell'ascensore, mi pareva di non avere un solo minuto da perdere.

Sì, è vero, adesso anch'io ero una celebrità mondiale. C'era da ridere... ma quien sabe? Arrivai alla mia suite, entrai, chiusi a chiave, andai alla toilette, non mi ero nemmeno accorto che avevo un bisogno tremendo di spander acqua, e dalla fretta, stupidamente, sconciamente, mi bagnai un pochino troppo. Il Castello di Fontanellato! Wide-open fortresses! Le fortezze aperte!

Ma che cosa diavolo stavo per combinare?

Intanto ero entrato nello studio, avevo acceso due sfolgoranti lampade incappucciate di vetri verdi e trasparenti: illuminavano i due tavoli che si fronteggiavano, quello per scrivere e quello, molto più grande, per disegnare. Mi gettai sulla sedia girevole che stava tra l'uno e l'altro: si alzava e abbassava idraulicamente, premendo un tasto, come quelle dei barbieri e dei dentisti. La trovai voltata verso il tavolo da disegno: un ordine di Dawson e Parker? C'era, stesa sopra, una spessa risma di grandi fogli e, vicino, una vaschetta piena di matite di tutti i generi e di tutti i colori. Ne afferro una, ma nel raccoglimento necessario a accendere un De Nobili ecco che al gusto del toscano, il primo della giornata e senza cui non lavoro mai, capisco che devo mangiare qualche cosa, sono senza cibo da ieri sera. Meglio interrompermi subito che dopo.

Giro sulla sedia, la abbasso spingendola sulle rotelle e accostandomi all'altro tavolo: qui, schierati, un grosso microfono col registratore, due typewriters e due telefoni. Chiamo il bar, ordino un club-sandwich con pollo, una birra, un caffè. Senonché, poso la cornetta, e vedo che l'altro telefono è identico a quello *diretto con l'estero* dei due che ho accanto al letto.

Da ventotto anni che sono sposato, quando viaggio senza mia moglie le telefono un paio di volte al giorno: appena mi sveglio e un po' prima di coricarmi. Salvo rarissimi casi di materiale impossibilità, non ho mai derogato da questa abitudine che mi sono imposto di mia assoluta e spontanea volontà, e senza nessuna pressione da parte di lei: anzi, piuttosto contro il suo desiderio. «Cossa ti rompi a fare a telefonare? Va in malora, va!» così mi dice infatti, con poche varianti, almeno una volta su tre.

In ogni modo, nella telefonata di ieri, l'avevo avvertita che stamattina, forse, si sarebbe firmato il contratto, ma, poi, stamattina, dovendo partire per Wilmette alle nove che in Italia sono le tre del pomeriggio, per non provocare i soliti insulti ho rinunciato. Adesso guardo l'ora e faccio il numero di Milano.

«Ah, sei tu? Perché non hai telefonato stamattina? Il contratto non è firmato?»

«Bisogna che ti spieghi, Nini, abbi pazienza... Dunque, come ti avevo detto, l'appuntamento non era qui a Chicago, era a venticinque miglia di qui, proprio nell'area dove verrà costruita l'Università, e allora...»

«No son miga 'na mona, ti sa? questi xé i racconti della nonna... hai firmato?»

«Sì, sì... e devo dirti...»

«Non mi hai nemmeno chiesto come stavo!»

«Perché? Come stai, Nini?»

«Non ti ricordi che ieri ti avevo detto che stavo malissimo? Questa notte l'ho passata bianca, ero scivolata...»

«Ma non me l'hai detto, che eri scivolata!»

«No, non te l'ho detto appunto perché sapevo che dovevi firmare il contratto. Ti ho detto però che stavo male, e tu, naturalmente, te ne sei dimenticato, tu pensi solo ai cazzi tuoi e niente altro!»

«Sei fratturata?»

«Ti farebbe piacere, eh?»

«Amore mio, non mi torturare!»

«Ebbene no, non è una frattura.»

«Una contusione? Hai chiamato Alvazzi? Hai fatto una radiografia, Nini? Che cosa dice Alvazzi? Che cosa dice?»

«Dice che devi andare in mona. Ma tu dormi bene. Buonanotte. Cioè, lì sono soltanto le quattro del pomeriggio... Buon pomeriggio e buona serata, festeggerai il contratto, no? Chi c'è lì con te?»

«Chi vuoi che ci sia? Nessuno!»

«Sì, nessuno! Ciao... porco!» e mette giù.

E io, in questi casi, fino a pochi mesi fa, la richiamavo subito, insistevo anche ripetutamente: col bel risultato che lei ogni volta mi insultava o, peggio, metteva giù. Ma ormai ho incominciato a imparare: è meglio che mi faccia forza e non la richiami. E così il nostro rapporto sta migliorando. Gli insulti sono sempre quelli, è sempre gelosa lo stesso, ma nel tono della sua voce c'è come una nuova vibrazione, quasi una sfumatura di ironia che io solo avverto. Per esempio, ancora un anno fa, avrebbe chiuso la comunicazione con un semplice, duro «ciao», senza quel «...porco!» cioè senza quella breve pausa che lo precedeva. Il mio amico Padre Turoldo dei Servi di Maria una volta mi disse: «Conosco dei boscaioli friulani che bestemmiano come se pregassero». Anche mia moglie ha sempre bestemmiato volentieri, forse come i boscaioli e certamente per farmi dispetto. A ogni modo, da un po' di tempo a questa parte quando mi dice «porco» è come se mi dicesse «caro».

Non era affatto così, non è mai stato così per moltissimi lunghi anni. Ciò che provo oggi è forse l'inizio di una gioia tutta nuova, sommessa, ineffabile. Comincio a capire qualcosa. A poco a poco vado scoprendo che mia moglie mi ama davvero, mi ama finalmente in un altro modo, con una certa lealtà, come se fossimo amici. La breve pausa prima dell'insulto significava: "guarda che scherzo". Nelle bestemmie, invece, pause del genere sarebbero inutili. Dio, e la Madonna, saprebbero benissimo come stanno le cose.

Il ronzio del citofono, alla porta della suite, interrompe questa mia consolante meditazione. Entra il cameriere con il club-sandwich, la birra, il caffè. A tip, un usuale, rapido scambio di battute. È di origine italiana, palermitano. Si chiama Dominic, e io lo chiamo "Dumì" con sua grande soddisfazione. Lui mi dice "Professor" senza che io protesti. Mi guarda stupito, è la prima volta che mi trova nello studio, e non nella camera da letto o nel salotto:

«I see, you're working!»

«Yes» e gli spiego in inglese che spero di lavorare tutto il giorno e tutta la notte. «Prima di mezzanotte ci ritroviamo!» poi gli dico in italiano, e vedo che non ha capito, ma non traduco e lo lascio andare: il toscano che cerco di riaccendere non tira più. Ah, questi De Nobili! Si spengono ogni momento! Mi ero portato dall'Italia una provvista di toscani scelti, stagionati e provenienti da Cava dei Tirreni, ma li avevo finiti da tempo e, sempre per quella superstizione, avevo fatto voto a me stesso di contentarmi dei De Nobili fino a quando non firmavo il contratto. Ma adesso! Adesso niente, inutile telefonare a Cava, è sabato e alla Manifattura non c'è nessuno. Butto il De Nobili dolciastro e occluso, stacco il microfono dal registratore, lo stesso tipo di apparecchio che mi serve a Milano, in studio, per prendere appunti. Parlo, poi provo ad ascoltare:

«Lunedì mattina alle sei, mezzogiorno in Italia, chiamare Cava dei Tirreni, chiedere dell'ingegner Barca o del signor De Rosa».

E la mia voce mi sorprende sempre. L'avevo udita per la prima volta proprio qui, a Chicago, nel 1930. Molto difficile, allora, e soprattutto molto costoso per me, telefonare in Italia. C'era una botteguccia in Michigan Avenue, una grande novità: si poteva per un dollaro e mezzo fare un piccolo disco e spedirlo in capo al mondo dentro un'apposita busta di cartone. Telefonai così a mia madre. Continuò ad ascoltarlo, nei primi tempi, almeno una volta al giorno.

La mia voce, che subito udii nella botteguccia, mi sorprese e deluse. Quasi non mi riconoscevo. Non avrei mai detto di avere un accento così milanese e così ridicolmente aristocratico, con le erre arrotate fino a quel punto, e soprattutto, così irritante: assomigliava tale quale alla voce di un mio cugino. Non volli ascoltare più, esitai prima di spedire il disco. Militare di carriera, ufficiale in Savoia Cavalleria, mio cugino era un bravissimo ragazzo, intelligente anche. Era tenente colonnello dodici anni dopo, quando morì nella carica di Isbuscenskij. Piangerei a riudire oggi quella voce, perché certamente la mia è cambiata.

Accendo un altro De Nobili, che per fortuna tira. Riprendo la matita, mi tolgo gli occhiali, mi curvo sul tavolo, e mi accorgo che nella spessa, enorme risma di Fabriano sono accumulati, l'uno sull'altro, parte fogli bianchi e parte planimetrie della Baia di Wilmette riprodotte in varie scale. Scelgo un foglio a caso, e con quattro colpi traccio un quadrato. Alla metà esatta del lato che si affaccia al lago, la matita passa su un preesistente quadratino nero, di un millimetro per un millimetro, che rappresenta il faro.

Continuo a disegnare per non so quante ore.

11.45 p.m. Mi rigiro per l'ennesima volta con la sedia, getto sull'altro tavolo, alle mie spalle, il foglio che ho appena riempito di scarabocchi, e a fatica, di sotto una disordinata catasta di planimetrie della baia e disegni di particolari, scovo il telefono del servizio.

Dumì arriva dopo dieci minuti con un altro club-sandwich, un'altra birra, un altro caffè: ma non sa dove posare il vassoio. Corre via e ritorna con un tavolinetto e il vassoio applicato sopra: buona notte, a tip again, buona notte, se ne va. Mangio, bevo, mi rimetto a disegnare. Da quel momento...

...da quel momento, ai muratori dell'impresa ci sono voluti tre anni e diciotto settimane to roof Architecture, per arrivare al tetto del superattico di Architettura. Abbiamo fatto la rituale festa soltanto la settimana scorsa perché era l'ultimo di tutti i superattici: agli altri, a quelli delle altre sedici facoltà, eravamo arrivati a poco a poco, mesi prima. Ancora non abbiamo risolto il problema delle cremonesi in rapporto all'aria condizionata. Ma il progetto, lo avevo consegnato, come stabiliva il contratto, per il Fourth of July di quell'anno, e ho patito moltissimo nell'attesa che venisse approvato dal trust. È vero, subito dopo averlo consegnato, sono volato a Milano. Poi ho trascorso l'intera estate nella mia casa di Ventimiglia insieme a mia moglie. I nostri cinque figli, e i due sposati con le relative mogli e bambini, vennero tutti, dandosi il turno, a passare qualche giorno da noi. Ma ho patito moltissimo. La lunga attesa, e le poche notizie, cablo o telefono, che di tanto in tanto mi giungevano da Chicago, non parevano mai di buon auspicio: temevo riserve, osservazioni, contestazioni, richiesta di modifiche, insomma difficoltà, e mi preparavo, mi allenavo a feroci litigi per il giorno del mio ritorno. Invece no. Ai primi di settembre, Dawson finalmente telefonò per rassicurarmi: il progetto era approvato in tutti i suoi particolari, nessuno escluso. C'era una sola condizione, mi si pregava di tornare a Chicago passando da Tokyo. Il trust, proprio allora, era interessato finanziariamente nella costruzione di una grande Università giapponese. I lavori, là, erano quasi alla fine e, non a torto, si pensava che mi sarebbe stato utile rendermi conto delle più recenti novità. Volai dunque in Giappone, dove già ero stato quattro o cinque volte.

Tutto andò bene. Bene, compreso il viaggio da Tokyo a Chicago: sull'aereo, la hostess di prima classe era Lizzie. Carina, simpatica, giovane, ebrea, americana, sapeva bene il francese, il tedesco e lo spagnolo. Ma, soprattutto, era intelligentissima. Dopo un'ora di volo, le domandai se voleva diventare mia segretaria, e la massima prova di intelligenza me la diede proprio allora, col suo fulmineo sì. Altrettanto fulmineo fu, in quel momento, un mio sospetto: e se Lizzie si fosse trovata a bordo dell'aereo con l'incarico preciso di affascinarmi, conquistarmi? Sospetto romanzesco, o addirittura rocambolesco: ma non assurdo. Si basava, infatti, sull'ipotesi molto verosimile che Parker e Dawson avessero degli amici tra i padroni della T.W.A.

In seguito, pensandoci bene, mi dissi che, se la cosa era "montata", Lizzie non avrebbe accettato la mia proposta con tanta prontezza. Se un bel giorno Lizzie verrà a conoscenza di quel mio sospetto, saprà che non avevo tardato a darle tutta la fiducia che si merita. Anche oggi, del resto, tornando con lei sulla sua Capri verdechiara da Wilmette a Chicago, anche oggi, quasi a estrema conferma della fiducia accordatale tre anni prima e un po' come ringraziamento per l'insolito, lunghissimo silenzio che si era imposta durante il tragitto, a un certo punto pensai che potevo fingere di svegliarmi. Mi tirai su, vidi che eravamo già a Everton, i quartieri nord di Chicago, e subito la sua mano piccola, rosea, unghie accuratamente *nature*, mi accarezzò la fronte con la leggerezza di una piuma:

«Come sei sudato!»

«Per forza... avevo un sonno!»

Scoppiò in una delle sue risate fresche, infantili:

«Ma se non dormivi!»

«Come hai fatto ad accorgertene?»

«Oh, non sei un buon commediante! Usually, you sleep with a little smile on your lips.» Di solito dormi con un piccolo sorriso sulle labbra. «You never fool me: do you want the truth? You're worried.» Tu non mi imbrogli mai: vuoi la verità? Tu sei preoccupato.

«Be', questa volta sbagli, Lizzie!»

«A che cosa pensavi, allora, mentre fingevi di dormire?»

«A tutta la mia vita da quando sono qui per la I.U.H. Te lo giuro, Lizzie. Pensavo anche a te, guarda, e io so, invece, che cosa tu pensi che io pensavo mentre fingevo di dormire. Ma sei stata proprio tu, ora, a ricordarmelo! Non credo, però, che si tratti...» per farle dispetto dissi una bugia «...di una brutta notizia. Chi vuoi mai che mi telefoni da Roma?»

«Well, I don't know. Non lo so. Forse il tuo Governo, un ministro, qualche pasticcio della burocrazia...»

«Impossibile!» risposi ridendo. E ridevo appunto perché pensavo a un'altra parola, una parola che in inglese non esiste: "Magari!"

Sì, magari Lizzie ci avesse azzeccato anche questa volta! I ministri non mi hanno mai fatto paura.

Di che cosa, dunque, avevo paura? Sapevo di che cosa avevo paura? No, non lo sapevo. *Avevo paura* e non capivo perché. Ma quando entrai nell'atrio del Drake e di lontano, attraverso la folla, cercai la faccia del portiere che già mi sorrideva, intuii che c'era una notizia per me:

una buona notizia, naturalmente, se lui sorrideva in quel modo.

«Forse è uno sbaglio!» disse tutto contento appena arrivai al banco. «Hanno chiamato di nuovo, due ore fa. La telefonata non veniva più da Roma.»

«Da dove, allora?»

«Adesso non ricordo, mi scusi, Mr. Franzi. Il nome di un'altra città, ma ho preso nota. Era qualcuno che parlava un po' inglese...»

«Ma da dove chiamava?»

«Ho preso nota, stia tranquillo. Ecco qua...» e si mise a scartabellare tra fogli e biglietti sul banco. Lo interruppe una signora che aveva molta fretta. Era alta, elegante, vestita di nero. Il portiere, di nuovo scusandosi, mi pregò di pazientare: si voltò al casellario, prese una chiave e un messaggio che consegnò alla signora sporgendosi attraverso il banco e cominciando a parlarle quasi all'orecchio.

Non protestavo, anzi. La notizia che il portiere aveva per me era buona, quindi pazientavo volentieri. Lizzie era rimasta lì, dietro di me. Mi voltai verso di lei e le ripetei ciò che lei aveva già udito: cioè di una seconda telefonata che però non veniva più da Roma, adesso avremmo saputo da dove veniva.

«Ecco qua... ora le spiego tutto... questa volta era qualcuno...» Il portiere aveva ripreso a sfogliare i suoi appunti «...qualcuno che parlava un po' d'inglese...»

«Uomo o donna?» domandai.

Il portiere sorrise:

«Non saprei rispondere con certezza».

«E non ha detto il suo nome?»

«No, solo il nome della città... nome che non ricordo, ma l'ho scritto da qualche parte... E mi ha detto che questa mattina non si riusciva a prendere la linea con Chicago, e allora aveva chiamato a Roma una parente e l'aveva incaricata di telefonare lei... Ecco la spiegazione...»

«Da quale città chiamava questa persona, uomo o donna che sia?» ripetei ma ormai con ansia perché temevo di sapere da dove veniva la telefonata. Era la sola cosa che mi riguardava direttamente e di cui non avevo mai fatto parola a Lizzie. Esitai, mi sporsi anch'io attraverso il banco e con un sussurro ahimè superfluo suggerii quel nome che il portiere, nell'istintivo piacere di ricordarselo e intanto, così, dimenticandosi della propria professione, ripeté due volte abbastanza forte per essere udito da Lizzie:

«Yes, that is! Cattania! Cattania!»

Ringraziai il portiere, afferrai Lizzie per un braccio e mi allontanai di qualche passo con lei.

«Lizzie» le dissi più tranquillamente che potevo. «Ci vediamo domattina alla solita ora per andare a Wilmette. Ciao.»

«Non hai bisogno di me più tardi? Niente che posso fare?»

Vidi che mi fissava intensamente. Sorridendole come potevo, le sfiorai la tempia col solito bacio convenzionale:

«No, thanks, Lizzie» ed entrai nell'ascensore. Lizzie era rimasta a fissarmi ma, prima che le due porte scivolando si chiudessero su di lei, feci in tempo a vedere che non riusciva a nascondere la sua commozione di subalterna catastrofica: stupore, curiosità, e una profonda, incosciente gioia.

3

Naturalmente, sapevo a memoria il suo numero a Catania ma... ma da quanto tempo non l'avevo più chiamata?... in ascensore, in corridoio, aprendo la porta della suite e entrando nello studio mi arrovellava questo improvviso rimorso: da quando non avevo più telefonato a Nunzia? Finalmente ricordai: dal suo compleanno, data che non posso dimenticare mai, infatti precede di due giorni il 25 marzo, compleanno di mia moglie. Dunque, da un mese non avevo più telefonato a Nunzia!

E come avevo potuto lasciar passare tanto tempo senza richiamarla, soprattutto dopo quelle sue parole così tristi? Non avevo più pensato a lei? Sì, purtroppo. Sì, ma come avevo potuto? Molto semplice, ero vissuto tutti quei giorni senza che lei mi venisse in mente, quasi non esistesse neanche, quasi non esistesse più. Cominciando dal nostro primo incontro, per più di trent'anni, non avevo mai mancato, ogni 23 marzo, di farle gli auguri per telefono, dovunque mi trovassi in giro nel mondo. E quest'ultima volta, me ne ero ricordato soltanto in extremis e appunto per quella fatale coincidenza: avevo chiamato mia moglie per darle la buona notte verso le quattro del pomeriggio, in Italia le dieci di sera, e a un certo momento mi ero ricordato che dopo due giorni sarebbe stato il suo compleanno: quella sera, perciò, era il compleanno di Nunzia e dovevo chiamarla subito se volevo che il mio augurio le giungesse ancora in tempo!

Sapevo che da qualche mese non stava tanto bene. E sapevo che si trattava di una malattia cronica, seria, ma non incurabile. Come era stato possibile che, informato delle sue condizioni, non ci avessi più pensato? Non aveva risposto lei, al telefono, ma Rosario, suo marito, e mi aveva detto che Nunzia era sempre a letto con la febbre. Gli domandai se potevo farle gli auguri, me la passò. Come mi era stato possibile dimenticare il suo pianto, la sua voce straziata ma chiarissima: «Vittorio! Sto male! Sto male, Vittorio!» E che cosa le avevo detto io allora? Oh, non so, qualche parola stupida: «Coraggio, Nunzia, Rosario mi dice che adesso fai una nuova cura... vedrai che andrà bene, coraggio... vedrai che presto guarisci, e prendi l'aereo e vieni a trovarmi qui. Ancora un mesetto e il grosso del mio lavoro sarà finito. Così potremo stare di nuovo insieme per qualche giorno. Vedrai, Nunzia...». Ma lei, come se non mi avesse capito, ripeteva soltanto: «Vittorio, sto male!»

Adesso, un mese dopo, mentre componevo

il numero di Catania, pensavo e mi auguravo che Nunzia stesse meglio e, anzi, che proprio questo fosse il motivo delle telefonate di oggi: dirmi, almeno, che era sulla via della guarigione.

Come capita molte volte, si tardava a prendere la linea. Catania non era Milano. Componevo e ricomponevo il numero senza stancarmi, ma a un certo momento piantai lì. Quando le linee fanno questi scherzi, meglio lasciar passare qualche minuto, anche un quarto d'ora, prima di tentare di nuovo. Decisi dunque di fare così, e posai il ricevitore. Mi guardai intorno, cercando una distrazione, il *Chicago Tribune*, qualche cosa. Sul tavolo c'erano soltanto i due telefoni, il microfono, il registratore e le due typewriters, niente altro. Mi rigirai con la sedia: sul tavolo da disegno era rimasto un mucchio di fotocopie che avevo lasciato lì la mattina, prima di andare a Wilmette: i diversi progetti elettronici per l'apertura e chiusura delle finestre. Vista disgustosa!

Ah, ma era stupida questa attesa. Che cosa poteva avermi da dire Nunzia? Perché mi preoccupavo tanto? Se si trattava di qualcosa di urgente, mi avrebbe richiamato. Se, invece, come mi pareva probabile, era solo un saluto e per dirmi che stava meglio... sì, mi avrebbe fatto piacere, si capisce. Ma, e poi?

Le nostre telefonate erano rare, ormai. Dall'inizio della costruzione della I.U.H. erano tre anni che non vivevo stabilmente in Italia, e in questi tre anni quante volte avevo parlato con lei? In principio una o due volte al mese, poi, a poco a poco, sempre meno. Non c'era più niente di veramente vivo, tra noi due. Per farle coraggio nella sua malattia, che certamente era dolorosa, le avevo detto che, appena guarita, l'avrei fatta venire in America, ma la mia intenzione non era completamente seria. Ecco, tutt'al più, una volta finiti i lavori e tornato in Italia, sarei andato più presto possibile a trovarla in Sicilia. Ma non adesso. Adesso, caso mai, avrei fatto venire qui mia moglie e, in occasione delle vacanze pasquali, Maria e Filiberto che ancora non avevano finito l'Università. Sta' a vedere, mi dissi di colpo, che Nunzia è guarita e vuol venire a Chicago! Sarei costretto a mantenere la mia incauta promessa! No, no, per carità, assurdo. Se lo scopo della sua telefonata era questo, le avrei detto che per ora non poteva venire, che proprio alla fine della costruzione erano sorte grosse difficoltà e insomma che bisognava rimandare... Quando, mi venne in mente una cosa: il portiere aveva accennato a una voce incerta, tra maschile e femminile e, soprattutto, a un accento inglese molto approssimativo: non poteva essere che Rosario! Rosario, sì, che mi annunciava la partenza di Nunzia per Roma — infatti, la telefonata ricevuta dal portiere quella mattina proveniva da Roma e era di una donna, di *una parente* di Rosario, forse di Nunzia stessa la quale, ma sì, era andata a Roma a prendere l'aereo per New York o addirittura il non stop per Chicago!

Guardai l'ora. Forse l'aereo di Roma era già atterrato a O'Hare, forse da un momento all'altro il telefono squillava, il portiere mi avvertiva che Nunzia era arrivata, era lì sotto. D'istinto scattai in piedi come il militare che, all'improvviso, nel momento meno pensabile, ode la tromba dell'adunata. Erano quattro anni che non ci vedevamo. Nunzia qui! mi sarei precipitato giù nell'atrio, avrei — forse tra qualche istante — sentito contro di me il suo grande corpo caldo e cedevole, il suo profumo violento e, mio Dio! il suo ventre pronto a accogliermi.

Mio Dio, sì! ma poi, pochi altri istanti dopo, qui sopra, a letto, sarebbe stata l'angoscia... Atterrito, riprendo il telefono e richiamo Catania. La linea c'è. Suono regolare. Voce di Rosario:

«Sei tu, Vittorio?»

«Sì, come va? Sei stato tu a telefonare oggi?»

«Sì.»

«Puoi darmi Nunzia?»

Ci fu un silenzio, come se si fosse interrotta la linea. Ripetei:

«Dammi Nunzia, per piacere...»

E la sua voce — una voce atona che in certi casi è solo dei siciliani — mi diede la notizia:

«Nunzia... mancata è, questa mattina, alle quattro».

4

Già molti anni prima, ancora prima della seconda guerra mondiale, mi pareva di avere scoperto che in tutti gli esseri umani, dai tempi più bui della preistoria, vive sempre — più o meno nascosto, più o meno sviluppato — un istinto feroce e bestiale, espressione di un egoismo inestirpabile: all'annunzio della morte di uno qualunque dei nostri simili si accende in noi una fiammella minima di allegria e quasi udiamo un sussurro diabolico: "*Uno di meno, tutto sommato*".

Naturalmente, in particolari casi, siano pochi o molti, la fiammella è oscurata e il sussurro è soffocato dal dolore, dallo strazio di avere perso una persona che amiamo, padre, madre, moglie, marito, amico o, forse massimo tra i lutti, figlio unico nel quale sognavamo prolungata la nostra stessa vita; e il tempo, che poi attutisce a poco a poco la nostra sofferenza, la trasforma però nella sorda tristezza di non soffrire più come prima e quasi ne colora quella malinconia ultima che dura finché si salda con la nostra morte.

Ma, come si sa di animali che patiscono umanamente la scomparsa dei loro coniugi e come si hanno esempi di cani o di gatti che decidono di seguire il destino del padrone e si lasciano morire sulla sua tomba, così esistono certamente modelli di tipo inverso: esseri umani che continuano a vivere bestialmente insensibili e sereni dopo la morte dei loro cari e riescono addirittura a commuovere il mondo intorno con lo spettacolo decente e conveniente di una finta disperazione.

Chiaro, per fortuna, che io non sono come costoro e spero di non potere mai esserlo. Altrettanto chiaro, ahimè, che dal primo istante ho accolto la notizia della morte di Nunzia con un'ombra di sollievo. In compenso — ma è un compenso? e non è, invece, la rivelazione del mio duro egoismo? non è la scoperta involontaria del mio indubitabile cinismo? — in compenso mi chiedo perché la morte di Nunzia mi lasci triste, sì, ma triste soltanto nel rimorso che provo per questa freddezza e questo senso di sollievo.

Nessuna donna mi aveva fatto così felice come lei e non capisco perché sono incapace, assolutamente incapace di pensare oggi a lei, alla lunga sofferenza della sua malattia, allo strazio della sua fine, ma capace soltanto di pensare a me stesso e al mistero della mia mostruosa indifferenza.

Ecco, ora mi dico che, forse, tutto può essere spiegato in un modo molto semplice: non ci vedevamo da quattro anni e io nel frattempo sono invecchiato... Ma no, no, non è così! Io provo adesso, per Nunzia, qualcosa che assomiglia a ciò che avevo già provato, con lei, per lei, fino dalla mia tarda giovinezza, tante altre volte, tutte le volte cioè che abbiamo fatto l'amore e subito dopo avere fatto l'amore: un vuoto, una delusione assoluta, come se, all'istantanea, e ogni volta imprevista, improvvisa, precoce fine di un furioso piacere gonfio di fantasia e variato da mille dolcezze, avvertissi a un tratto l'inerte gravità dei corpi, l'inanità dell'esistere, il non senso di tutto. Assalito ormai da un furioso fastidio, desideravo soltanto levarmi, liberarmi da quella morte apparente, fuggire lontano da lì, gettarmi nella realtà, tornare alla vita.

Sì, anche adesso è così, e benedico le lontananze, benedico l'Atlantico che separa l'America dall'Europa altrimenti non avrei adesso il coraggio di fuggire, benedico il telefono.

E il telefono è qui. Allungo la mano, lo sfioro. Stacco il ricevitore.

Non posso. Guardo l'ora. A Milano sono le tre di notte. Non posso, la sveglierei. Vorrei tornare alla vita, ma la vita non mi accetterebbe. Devo restare qui, da solo, con i miei pensieri, con i miei misteri, con la morte.

Mi levo in piedi, vado alla finestra.

Un immenso blu traforato da luci di tutte le

intensità e di tutti i colori. Ma, al di là, il grande vuoto nero del lago e, in alto, un grigio chiaro e vaporoso che riflette le luci della città. Uscire? passeggiare? andare, perché no, a un night ossia dove non sono mai andato ma dove mia moglie crede o piuttosto, per irritarmi, finge di credere che io vada, e mi accusa di andare?

Mi butto sul divano, spengo tutto nello studio. Le due finestre, due rettangoli blu: una coppia di strumenti elettrofoni, immobili e vibranti, che trasmettono il formidabile rombo-ronzìo, la musica notturna di Chicago. Potrò addormentarmi?

Ma sono stanco di questo divano: steso sopra, vi ho passato tutto il pomeriggio e tutta la sera da quando ho parlato con Rosario. Mi è stato impossibile dormire, mangiare, perfino ordinare un caffè. Ancora adesso non ho fame, non ho sonno, non ho voglia di fumare...

Accendo di nuovo la luce. Di nuovo mi levo, macchinalmente vado al tavolo da disegno, ficco la mano nella scatola dei sigari e subito la ritraggo. Nell'anticamera di un morente si può fumare la nervosa sigaretta, non il voluttuoso sigaro. Devo, però, fare qualche cosa. La scatola dei sigari è vicino al registratore. Stacco il microfono, premo il tasto. Sei tu, Nini? Parlo come se fosse un telefono, un telefono con Milano.

Sei tu, Nini? Ho passato una brutta giornata, amore mio. Che cosa è successo? Ecco, te lo dico subito, anche se tu mi sentirai soltanto tra una settimana o due, quando riceverai questa cassetta... Ti ricordi di quando abbiamo fatto la crociera, la crociera con la *Paolo Toscanelli*? Quanti anni fa? Inutile contarli, tanto per te il tempo non esiste. Amore mio, perdonami se comincio così, tu non ami i racconti della nonna, lo so, lo so! Ma questa volta, per spiegarti perché ho passato una giornata tanto brutta, bisogna proprio che tu abbia la pazienza di ascoltarmi.

Certamente ti ricordi di Palermini, il mio vecchio compagno di liceo, il professor Palermini. Eri felice della mia decisione, della grande novità: prendere questa vacanza invernale, fare questa crociera, il giro dell'Africa, il periplo dell'Africa... periplo, una parola che rifiutavi. Non viaggiavamo quasi mai insieme, mi dicevi sempre di no, gli ultimi tre figli erano ancora bambini e non volevi lasciarli. Questa volta ti eri decisa perché finalmente avevamo trovato la nanny irlandese, la... non mi ricordo più il nome... era bravissima, in grado di farsi voler bene da tutti e cinque, cioè anche dai due più grandi, e allo stesso tempo di farli filare. Palermini? Ecco, Palermini, se fosse ancora vivo Palermini, non avrei il coraggio di dirti, Nini, quello che adesso vorrei tanto dirti.

Palermini, rimasto vedovo da più di un anno, vedovo e senza figli, cercava ardentemente di risposarsi. Si sentiva ancora giovane, si vantava di esserlo, forse lo era davvero. Piccolo ma fortissimo, anche troppo sovente ripeteva in proposito il famoso proverbio genovese: omu picìn, tüto belìn. In ogni caso, siccome aveva stabilito di sposarsi a ogni costo, mirava naturalmente a una scelta di reciproca soddisfazione per la consorte e per lui. A questo scopo, credeva giustamente nella necessità di una prova e di un'astuzia perché la prova fosse valida. Palermini diceva proprio così: «È un'astuzia, capisci? un'astuzia!» E perciò accostava vedove, divorziate, nubili di mezz'età senza dichiarare subito le sue intenzioni matrimoniali ma come se si trattasse di un capriccio passeggero. «Vada bene o vada male preferisco, à tout hazard, des aventures!» diceva col suo francese da professore di francese. Era arrivato a quell'età senza averne molte, di avventure.

Tu questo lo sapevi, Nini, la cosa ti divertiva e insieme ti commuoveva, Palermini ti era simpatico, gli volevi bene, soprattutto non ti annoiava, insomma sei stata subito d'accordo con la mia idea di invitarlo a farci compagnia, offrirgli una crociera che il suo stipendio prima, come ora la sua pensione, non gli avrebbe mai permesso. E lui non ha esitato ad accettare, era così contento! Tu sapevi tutto questo, niente di più. Ma non avrai dimenticato il seguito, quello che è successo poi!

Mentre la nave era ancora ferma nel porto di Genova, Palermini aveva adocchiato una signora alta: per lui, in confronto a lui, quasi gigantesca. Bella però, bruna, elegante e soprattutto abbastanza avanti con gli anni per considerarla e desiderarla tra le candidate dell'avventura criptomatrimoniale. Disgraziatamente, la signora non era sola, aveva con sé un marito o amante più giovane di lei, più alto di lei, dai capelli rossoscuri e dall'aria svelta, spregiudicata. Ti ricordi, Nini, no? Erano anche loro due in prima classe, ma al ponte di sotto al nostro, come Palermini. E a tavola, per caso, vicini a noi. Palermini, fino dalla prima sera, quando eravamo già in navigazione, aveva voluto sedersi alla tua destra perché così poteva comodamente scambiare sguardi con quella signora: tanto più che il compagno di lei, il giovanotto dai capelli rossoscuri, ci dava le spalle. Non era però un tipo che sembrava preoccuparsi eccessivamente della sua amica o moglie. Forse anche loro erano già, per conto loro, in avventura: così almeno aveva sospettato, nella sua innocenza, il mio caro Pepìn Palermini, e lui medesimo, due giorni dopo, mi confessò questo suo sospetto.

Il Comandante della *Paolo Toscanelli* ci aveva invitato ad assistere dall'alto della timoneria al passaggio dello stretto di Gibilterra. E Pepìn e io, con un certo entusiasmo, proprio da vecchi compagni di liceo, ci eravamo trovati lassù all'alba. Dopo avere bevuto il caffè col Comandante, uscimmo sull'ala di plancia di sinistra, ad ammirare il cielo africano, l'uno accanto all'altro, poggiando i nostri gomiti sul parapetto.

Lo spettacolo di un'alba invernale sulle coste del Marocco in quel tratto del Mediterraneo è meraviglioso, i colori del mare e del cielo variano con una stupenda, incredibile rapidità quasi scenografica — ma esiste un limite di tempo a queste romantiche ammirazioni e ancora più ai commenti che due ammiratori amici possono scambiarsi. Normale, perciò, che la loro commozione estetica cerchi sfogo nelle confidenze. E anch'io, come Pepìn, avrei voluto sfogarmi: ma se la sua confidenza era soltanto intima e delicata, la mia purtroppo era impossibile.

Innocente e non sciocco, nei suoi calcoli di ottimista circa l'abbordabilità della bella bruna, Pepìn non aveva dimenticato di includere una difficoltà da superare. Quel *vigore finale*, di cui in una commedia si vanta un personaggio di Graham Greene, e di cui Pepìn, nella sua vigorosa maturità, si credeva imbattibile rappresentante, questa volta correva il rischio di esporsi a un paragone arduo.

«...e me ne rendo conto!» diceva Palermini continuando a confessarsi «...figurati se non me ne rendo conto: lui potrebbe essere mio figlio, anche se il figlio che non ho mai avuto non sarebbe mai assomigliato a quella *tête-de-carotte bien grillée*, testa di carota abbrustolita a puntino! Vuoi che non capisca il mio handicap? Ma lei mi ha dimostrato fulmineamente, sì, fulmineamente, una simpatia straordinaria. Per caso ci siamo incontrati, l'altra notte, nel corridoio. Tête-de-carotte era rimasto su, a un tavolo di poker. Ma lei, si vede che aveva sonno e da una mezz'ora non giocava più, stava lì soltanto a guardare il gioco. A un certo momento io me ne vado. Scendo giù tranquillamente. Non sono abituato alle navi. Non ho ancora imparato bene la strada per raggiungere la mia cabina. Quando arrivo a metà del corridoio, ecco lei. Ti dirò, ma è una stupidaggine, ho avuto per un attimo l'impressione, addirittura, che lei mi abbia seguito. Vedendola venire con quella fretta, io, si capisce, mi fermo per lasciarla passare. I corridoi, lo sai, sono stretti. E lei è alta e piuttosto, non dico grassa, no per carità... dico: ben fatta. Anzi, data la sua statura, perfetta: altrimenti apparterrebbe alla categoria delle carampane, di quelle spilungone, di quelle magrone che odio... Insomma, io mi tiro indietro il più possibile, mi tiro su, lungo la parete e lei mi viene addosso, mi passa contro adagio adagio chiedendomi scusa. Ha un seno... un seno ancora molto apprezzabile anche se sostenuto — non sono mica un cretino da non sapere queste cose — sostenuto da qualche diavoleria. E un profumo, e uno sguardo mentre mi chiedeva scusa, uno sguardo di gentilezza, di dolcezza profonda, come se... insomma, tac, è stato su di me un effetto, l'effetto che doveva farmi, perdio! Volevo brancarla, perdio! Ma, oh, mi sono trattenuto. Ho pensato, prima di tutto, che ero vostro ospite, e mi sono comportato da gentiluomo. L'ho seguita però fino alla sua cabina, e scopro che, per caso, è vicina, attaccata, attigua alla mia: 111 e 112! Apre l'uscio, le bacio la mano. Lei me la abbandona, una mano bellissima, lunga e affusolata, calda e asciutta, me la abbandona un tantino più di quanto sarebbe naturale. Ci diamo la buona notte. E lei mi sorride in un modo... in un modo... be', te lo dico: in un modo che, appena richiuso l'uscio, ho pensato che sono stato un cretino a non brancarla, lì, su due piedi, e a non farla entrare nella mia cabina. C'era tutto il tempo, lui era al poker. Capirai che non mi sono addormentato subito. Quando tête-de-carotte è tornato, ero sempre sveglio, e sai che ora era? Le quattro.»

Tremavo. Per la prima volta un mio edificio stava per crollare. Cercavo di ridere, ridere, non v'era altro rimedio. Raccolsi le mie forze e, ridendo più che potevo, adottai d'istinto il suo vocabolario belle époque:

«Le coup du canapé!» dissi. «Hai mancato le coup du canapé, il tuo ideale! Mi rincresce. Ma forse potrai tornare all'attacco. La crociera dura un mese, siamo solo al principio. Basta che tu aspetti di nuovo le ultime ore del poker.»

«Naturalmente, ma anche in qualche altro modo.»

Gli domandai se si fosse presentato a quella signora. Mi disse no, non ci aveva nemmeno pensato:

«Con i suoi sorrisi mi ha fatto perdere la testa. Mi pareva che lei avesse voglia di venire a letto con me, più voglia ancora di quella che avevo io di andare a letto con lei. Hai capito?»

Dissi che avevo capito ma poi, riflettendo che era più prudente cambiare registro, mi decisi a mormorare:

«Stai attento, però, Pepìn. Ci sono anche delle donne così. Delle maledette allumeuses. Non si dice così, in francese? des aguicheuses, des allumeuses che si divertono a provocare, accendere la fiamma e poi, di colpo, la spengono. Al momento buono, si ritirano come se niente fosse».

«Lo so. Vuoi che non lo sappia?» Ma si era rabbuiato.

Al lunch, più tardi la stessa mattina, noi eravamo già agli antipasti e i nostri vicini non erano ancora arrivati. Tu, Nini, come sempre eri stata la prima, da Genova! ad accorgerti che Palermini stava "partendo" per quella signora, e adesso, vedendo come lui continuava a voltarsi nervosamente verso l'entrata:

«Pepìn!» gli hai detto. «Sta' un po' fermo un momento! Cosa hai paura, che sia caduta nell'Atlantico? Certo, col suo peso, sporgendosi troppo, le può capitare! Non avere paura, viene, viene... anzi guarda! Eccola!»

La bella signora, imponente e sorridente, faceva il suo solenne ingresso nella salle à manger; camicetta bianca, gonna di lino celeste e, dietro di lei, tutto in beige, il bel giovane. Tu allora,

Nini, vedendo il Pepìn sollevarsi appena e abbozzare un timido inchino verso di lei, hai indovinato tutto: cioè quello, più o meno, che lui mi aveva raccontato mentre ammiravamo l'alba.

«E bravo Pepìn!» gli hai detto sottovoce senza guardarlo e occupandoti esclusivamente di un aspic che stavi scavando con un delicato cucchiaino «Congratulazioni! Vedo che hai fatto una conquista!»

«Troppo presto per dirlo. Fino a questo momento, non so neanche il suo nome. Ti ringrazio dell'augurio, Nini. Ma ho bisogno che anche tu mi aiuti un pochino!»

«Oh no, mi rifiuto, non mi va. Ma tu non hai bisogno di nessun aiuto e, in queste cose, specialmente per un tipo come te, l'intervento di un'altra donna è inutile, complica e basta. Come vuoi che ti aiuti? Seducendo il marito? Lei, ancora! ...ma lui? Lui, proprio, non mi va.»

Non mi aspettavo, da te, amore mio, questa dichiarazione: potevi anche fingere, purtroppo, ma lì per lì mi ha fatto piacere. Intanto il Pepìn non mollava:

«Marito? Perché, Nini? Tu sai che sono marito e moglie?»

«Non lo so» hai risposto secca. «Figuriamoci se lo so. Ma credo di sì.»

«E perché credi?»

«Ma... ma perché lei ha tutta l'aria di poter avere un marito soltanto come quello lì.»

Come sempre, non sbagliavi. E mi ricordo

anche di questo: che, in quell'occasione, hai detto ridendo a Palermini:

«Siamo amici da tanti anni, Pepìn, ma tu non mi conosci ancora. Di tutta la gente che ho visto qui a bordo, non me ne frega niente, e ci sono solo tre uomini che mi piacciono».

«Ah sì? Tre?» ti ho chiesto. «E chi sono?»

«Uno, sei tu.»

«E il secondo?»

«Il secondo, Pepìn, naturalmente.»

«E il terzo, Nini mia? Il terzo?»

«Il terzo, non saprai mai chi è. Non te lo dirò neanche se mi ammazzi.»

Ridemmo insieme così forte che tutti si voltarono a guardarci e la nostra ilarità spontanea travolse perfino il cameriere che in quel momento faceva il giro con salsiera e cucchiaione: quel poveretto urtò il gomito contro la spalliera di una sedia e versò il pesto non già sulle linguine della mia scodella ma sul risvolto sciallato del mio cardigan verde ramarro. Mortificato, quasi piangente, non finiva più di scusarsi. Era un giovane dall'aria intelligente, magro e pallido: l'incidente aveva accresciuto le risa intorno, senza volerlo crudeli verso di lui. Pensai che dovevo consolarlo, proprio perché ero la sola vera vittima:

«La colpa non è sua! E poi abbiamo fortuna, non si vede niente: il pesto e questa maglia sono esattamente dello stesso colore!»

Tardi la sera eravamo all'ancora nella rada di Casablanca. L'indomani presto attraccavamo alla banchina, e per i crocieristi c'era in programma tutta una scelta di escursioni: Rabat, Meknès, Fez, Marrakesh, ecc. Tu e io avevamo deciso di non partecipare. Marrakesh? Marrakesh era fare, due volte, almeno duecentocinquanta chilometri di stradone in un pullman gremito di piccoli borghesi più o meno arricchiti. È vero che potevamo benissimo noleggiare una Mercedes per noi tre: bisognava, infatti, invitare con noi Palermini, e sarebbe stato per lui un sacrificio, ovvio preferisse andare in pullman con la sua bella. D'altra parte, a Marrakesh io c'ero già stato, e tu, Nini, volevi vedere soltanto ciò che era nuovo anche per me. Non hai mai sopportato le mie spiegazioni, i miei commenti, anzi, dici sempre così, «le mie annunciazioni!».

Palermini poi, all'ultimo momento, chiedendoci scusa non esitò a dichiarare che gli sarebbe seccato perdere un'occasione come quella. Dunque, ci separammo. Era chiaro, mi hai detto tu, che l'occasione riguardava non tanto Marrakesh quanto la bella Giunone anche se implicava la presenza del marito. Giunone: avevi sentito che, una volta, l'avevo chiamata così.

Verso la fine della mattinata, quando tutti gli altri erano da due ore partiti per le escursioni, hai voluto fare, un po' in taxi e un po' a piedi, un giro per Casablanca. E allora per te, Nini mia, unico amore mio, accadde l'inaspettabile.

Dopo una ventina di minuti che passeggiamo in mezzo alla folla nel labirinto del suk evitando le spinte ma tollerando gli strusci, fermandoci a qualche bancarella ma tirando subito via, e continuando ad attraversare aromi di spezie, profumi di gelsomino e di rose ma mescolati a ineffabili fetori, chi ci viene incontro in uno sgargiante camicione cremisi? La bella Giunone e, a braccetto con lei, stretto a lei, Palermini in shorts e calzettoni bianchi. Presentazioni inevitabili: se ne assume con entusiasmo l'istantanea, precipite responsabilità l'inebriato conquistatore:

«Il famoso architetto Vittorio Franzi! La signora Nicolosi! La signora Franzi!»

«Che cosa è successo? Non siete andati a Marrakesh?»

«C'è andato mio marito da solo. Io non mi sono sentita di salire su quella corriera sgangherata.»

Ma il Pepìn si affretta a spiegare:

«No, non è vero, la signora Nicolosi scherza. Era un bellissimo, modernissimo pullman. Pieno, si capisce, anche se c'era posto a sedere per tutti. Ma la vera ragione del nostro forfait è un'altra. La signora Nicolosi è nata a Marrakesh, è vissuta lì tutta la sua infanzia e adolescenza fino allo scoppio della guerra. Figurati, Vittorio, che parla francese meglio di te e perfino di me! È stata educata dalle Soeurs, dalle suore francesi.

Non aveva nessuna voglia di rivedere quei luoghi che le ricordano la sua fanciullezza, un'epoca per lei così felice... avrebbe provato troppa nostalgia...»

E tu, allora, gentilmente, ti sei rivolta a lei:

«La posso capire, signora. Anch'io ho provato qualche cosa di simile per il mio paese, dove ho vissuto da bambina. Non ho mai avuto voglia di tornarci».

«Ah, sì? E dove? dove?» ripeté lei incuriosita e commossa ma forse per timidezza così sottovoce che, nel frastuono e nel vocio del suk, tu non hai sentito e ti sei rivolta a Palermini chiedendo che cosa facevano ora, se non erano stanchi. Palermini guardò la sua dea incerto, implorante. Lei ammise sorridendo che erano stanchi, giravano dall'ora della partenza dei pullman, adesso tornavano a bordo. E io, forse, stavo per avviarmi con loro. Ma tu, decisa, mi hai preso allegramente per un braccio:

«Noi andiamo a mangiare il kuskus in una trattoria!» hai detto ad alta voce mentre ce ne andavamo.

«Tu non ti accorgi mai di niente!» mi hai rimproverato un momento dopo. «Non hai visto che Pepìn era sui carboni ardenti? Bruciava di restare solo con lei, finalmente al lunch da soli, senza il marito, nella sala semideserta. Ecco perché ho gridato che andavamo a mangiare il kuskus: per aiutare il Pepìn nella sua avventura!»

Eri certamente sincera. Io non mi accorgo mai di niente, lo so, e non ti capisco quasi mai, Nini. Quella volta invece mi pareva di intuire che avevi, senza nemmeno volere, un altro motivo per staccarti.

5

«Sai? la signora Nicolosi è rimasta molto male alla gaffe di Nini!» così mi aggredisce Pepìn. Passando dal bar, finalmente lo avevo visto.

Salpate le ancore a mezzanotte precisa, già navigavamo fuori dal porto, rotta Dakar. Già i Nicolosi erano al poker. E tu, Nini mia, nella sala del cinema: c'era un film che ti interessava. Io intanto giravo alla ricerca del Pepìn che sembrava scomparso, sta' a vedere che lo abbiamo lasciato a terra.

«Sei un imbranato?» gli dico. «Quale gaffe di Nini?»

«Ma certo! Tua moglie stamattina, al suk, ha dimostrato per chiare lettere che non voleva tornare a bordo con noi, e non ci ha invitati a venire con voi al kuskus...»

«No, scusa, non hai capito niente. Nini ha voluto soltanto farti un piacere, lasciarti solo con la tua bella tanto più che per tutto il giorno era senza il marito!»

«Capisco, e ringrazio. Tuttavia, ripeto, la signora Nicolosi ha l'impressione che Nini la snobbi un po'. E la cosa mi dispiace enormemente. Figurati che oggi, dopo il lunch, durante la siesta... »

« La siesta con lei, nella tua cabina? »

« Cosa dici, Vittorio! Cosa ti salta in mente adesso? »

« Ma la notte scorsa... »

« Lasciamo stare la notte scorsa, Vittorio, avevo perso la testa. Oggi, parlando tranquillo con lei, ho capito che assolutamente non è una puttana, è una signora molto per bene. Oggi dunque, durante la siesta, mi è venuta un'idea: per caso, i nostri due tavoli sono vicini, perché non li uniamo? Ho conosciuto il marito, sì, è il marito... e è molto diverso da quello che credevo. Simpatico, educato, spiritoso. Era tornato col pullman da Marrakesh poco prima di cena, e allora lei ha voluto subito andare con lui nel suk a provare questo kuskus, e ha invitato anche me, forse, appunto, per farmi capire meglio che Nini con lei non era stata gentile... »

« E tu ci sei andato? Ecco perché eri scomparso, non ti trovavo da nessuna parte! Ma loro due, li ho visti al poker, e tu dov'eri? A un certo momento ho avuto paura che fossi rimasto a terra. »

« Lascia stare dov'ero. Il kuskus non è roba per me. Poi sono venuto qui al bar a bere un fernet. Adesso sto benissimo. Dunque, ci ho pensato a lungo, bisogna assolutamente che facciamo un tavolo solo. »

E adesso, voglio essere sincero con te, Nini mia. Anche se allora non lo ero. Proprio perché allora non lo ero. Sai che cosa ho risposto al buon Pepìn? Che unire i tavoli, per me andava benissimo. Che non avevo niente in contrario. Che anzi, a pensarci, mi sembrava perfetto. Ma che, prima di tutto, era indispensabile sentire come la pensavi tu. Pepìn, allora, che non aveva capito niente:

«Naturalmente» mi ha detto «prima cosa, bisogna parlarne con Nini, e devi essere tu, Vittorio, a chiederle la sua opinione».

«Al contrario. Io sono il meno indicato. Sai come è gelosa: fatalmente, trovandoci a tavola insieme per tutto un mese due volte al giorno, e col breakfast anche tre, si instaurerebbe un rapporto di una certa intimità, e si dovrebbe finire per diventare abbastanza amici...»

«Appunto!»

«... sì, appunto, è appunto questo che Nini non accetterebbe, specialmente se fossi io a proporlo! No, guarda, il tuo progetto ha un'unica possibilità di riuscita: che la cosa parta da te. Allora, forse, per la simpatia che Nini ha verso di te, per farti piacere, forse... Ti ripeto che sono d'accordo con te, ma devi esser tu il primo a dirlo a Nini, e non in mia presenza, si capisce, ma da solo con lei in un momento che la trovi sola. Anzi: ti avverto che, soprattutto in principio, quando lei me ne parlerà, io mi opporrò violentemente. Allora lei, per contraddirmi più ancora, forse, che per fare un piacere a te, proprio per contraddirmi può darsi che allora dica di sì. Può darsi... ma non ci scommetterei.»

Pepìn scuoteva melanconicamente la testa:

«Mi sembra assurdo... proverò lo stesso, ma è assurdo...»

«Non è affatto assurdo. Più ci penso, è l'unica possibilità.»

Gli ricordai cose che sapeva da sempre: tu eri gelosa di tutte le mie segretarie, belle o brutte, giovani o vecchie, intelligenti o stupide, simpatiche o antipatiche, e di tutte le mogli o amiche dei miei clienti più importanti, banchieri, industriali, capitalisti miliardari. Fatti, episodi, scenate di cui, per caso, più di una volta lui stesso, Pepìn, era stato testimone o quasi. Quella notte, dopo cena, che mi hai spaccato sulla testa un fiasco di Chianti, amore mio, Nini mia, e è stato proprio Pepìn a portarmi in auto all'ospedale e a firmare un verbale dove asseriva di avermi visto entrare di corsa nella semioscurità del garage, inciampare in un crik che era lì per terra, e sbattere la testa nel cristallo laterale del gippone con cui tu portavi la domenica i nostri figli, allora bambini o ragazzi, al parco di Monza! Era stato appunto lui, Pepìn, a inventare tutto questo, perché la ferita sembrava, ma per fortuna non era, grave e ci voleva, per legge, un suo verbale confermato dal mio.

«Se poi vorranno fare un controllo, vado io, prima, con un martello, a spaccare il cristallo del gippone» mi aveva detto lui, e io glielo ricordai. Ti eri inferocita perché credevi, o piuttosto fingevi di credere, che ti tradivo. Gridavi addirittura di avere la prova, senza mai dire quale prova fosse, che andavo a letto con la Marotta, quella mia segretaria di una volta, che era monarchica e si ostinava a rimproverarmi le mie opinioni politiche. Avevo lo studio al piano di sopra, in via Mercalli. Tu mi avevi sentito litigare con la Marotta, ti era sembrato impossibile che fosse una discussione di politica, e avevi per un momento pensato a una rissa d'amore. Poi, subito, avevi capito che sbagliavi ma, approfittando dell'occasione, continuavi a incolparmi di una tresca inesistente per mazzolarmi in testa quel fiasco. Ecco il solo scopo, la sola meta che ti eri proposta. E io non mi sono ribellato, né allora né tutte le altre volte salvo due o tre, perché la mia coscienza mi diceva che avevi un po' di ragione. Joseph de Maistre sosteneva che la pena di morte era sacrosanta in tutti i casi, anche quando il condannato era innocente, anche quando si trattava di un errore giudiziario. Ecco il ragionamento di de Maistre: forse quei cosiddetti ”innocenti” condannati a morte non hanno compiuto il delitto per cui li si condanna? ebbene, non importa, certamente sono colpevoli di altri delitti. Così, secondo te, se non con questa con un'altra, ti tradisco! e dunque merito sempre la tua punizione.

La Marotta mi è venuta in mente non solo

per il fiasco, ma perché in brutto, molto in brutto, assomigliava un pochino alla signora Nicolosi. «In ogni modo» ho detto al Pepìn come per scoraggiarlo «ti pare che Nini sia un tipo che voglia fare amicizia con questa qui? Appena le ho viste insieme mi sono cascate le braccia. Perché anche a me farebbe piacere che diventassero amiche.»

E mi rammento — come se il povero Pepìn fosse con me, qui a Chicago, stanotte, nel mio studio al settimo piano dell'Hotel Drake da dove ti parlo — mi rammento che Pepìn mi aveva chiesto:

«Non capisco perché, a te, farebbe piacere che diventassero amiche. Perché?»

«Mah. Forse perché, allora, Nini sarebbe un po' meno gelosa.» Ho risposto così.

«Non vedo nessun rapporto tra un fatto e l'altro...» mormorava pensieroso Pepìn.

«Rapporto no, in questo hai ragione. Ma ho pensato e desiderato che, se diventassero amiche, questo fenomeno avrebbe una conseguenza, e la conseguenza sarebbe, appunto, che probabilmente accadrebbe qualcosa.»

«Qualcosa? Cioè?»

«Accadrebbe qualcosa dopo di che Nini non sarebbe più tanto gelosa, e io avrei un po' di pace.»

Palermini aggrottò le ciglia, come se continuasse a non capire...

E lo so, Nini, anche tu non capisci. Tanti

anni dopo quella crociera sulla *Paolo Toscanelli*, tu non capisci ancora come sono andate le cose. Ma ti spiegherò, cara. A poco a poco ti dirò tutto. Dammi ancora un po' di tempo. È difficile arrivare alla verità. Quando uno si decide a essere sincero, la sincerità pare semplice, facile, ma la sincerità non basta mai. La sincerità è sempre, in qualche modo, anche falsa. C'è altrettanta verità, forse, e qualche volta perfino una maggiore verità, nelle nostre bugie. Cominci a capire, amore mio? Sono parole che ci riguardano tutti e due. Me e te.

6

A proposito delle tavole avevo deciso di lasciarti arbitra. Si sarebbe fatto esattamente ciò che tu volevi. E comunque ti fossi comportata, sia che tu volessi unirle oppure no, il motivo della tua scelta mi restava misterioso. Credendomi sincero nella mia opposizione potevi decidere di unirle per farmi dispetto. Oppure avevi capito che mentivo e allora, per farmi dispetto, potevi decidere di lasciarle separate.

Ma tutto era ancora più complicato di così. Perché la verità stessa era complicata. Io desideravo nel medesimo tempo le due soluzioni contrarie. E tu, se credevi sincero il mio no a unire i tavoli, mi avresti fatto dispetto a assecondarmi: e mi avresti fatto egualmente dispetto se non mi credevi sincero e non mi assecondavi. Ecco perché ti ho lasciato arbitra. Per un paio di giorni, da Casablanca a Dakar, è stata un'altalena dentro di me mentre aspettavo il tuo verdetto: ora desideravo unire i tavoli perché tu diventassi amica della Nicolosi, e ora mi pareva che, unendo i tavoli, tu e io avremmo violato qualcosa di sacro.

Questa mia intima contraddizione, però, non mi era allora così chiara come mi è adesso: Palermini, invece, proprio lui e proprio quella notte dopo la partenza da Casablanca, forse aveva già incominciato a capirmi. Povero Pepìn, mi pento di avertelo ricordato finora come un personaggio ridicolo. Nessuno di noi, in determinate circostanze, può evitare il destino di una figura ridicola. E certamente lui, durante i primi giorni della crociera, non lo evitò. Era buffo senza malizia e si dimostrò sempre, al di là della sua credulità indifesa e giovanile, molto umano. «La tua contraddizione» mi diceva «fa troppo comodo al tuo egoismo: è troppo fredda, mentale, pirandelliana! Non posso negare che Nini sia gelosa. Ma mi sembra che tu ti sforzi di non pensare alla verità. Dimentichi che è gelosa perché ti vuole bene. Forse che tu non sei, a tua volta, geloso di lei? Ero presente anche in un'altra occasione — presente anche quella sera della festa al Circolo della Stampa, a Palazzo Serbelloni, quando rabbioso, furioso, tenendola afferrata per una mano, l'hai trascinata via attraverso la folla degli invitati...»

Lo corressi subito:

«Ah no, scusami. Tu eri presente alla scena che hai detto, ma non a quello che accadde un momento prima. Era d'estate. Un luglio torrido a Milano. Si soffocava. Aperte le enormi finestre dell'antico palazzo, e tirate le cortine di mussola sui profondi sguanci per scoraggiare i curiosi che si affacciavano dalle case di fronte in corso Venezia. Ora, Nini era sparita, da una decina di minuti non la vedevo più da nessuna parte. Inutilmente avevo fatto il giro dei saloni, ormai dovevo pensare che se ne fosse andata. Andata perché? Con chi? Era ancora una ragazzina: capricciosa, imprevedibile, simpatica proprio per questo. A un tratto, guardandomi intorno, mi trovo davanti a una di quelle finestre su corso Venezia: senza pensarci, di puro istinto, così come si fa quando si gioca a nascondino, tiro la tenda: e Nini è lì che sta sbaciucchiandosi con uno scozzese, un biondorosso capitano degli Highlanders in alta tenuta e tanto di kilt... Non si trattava, questa volta, di un sospetto! Era una prova, lì, l'avevo colta in flagrante! »

« Sì, ma è una situazione da pochade! » Pepìn rideva. « Niente di grave! »

« No, certo! E del resto non eravamo ancora sposati e nemmeno fidanzati. Era la mia piccola amica, e basta. L'avevo conosciuta pochi giorni prima andando a visitare, per conto del Governo Militare Alleato, il campo profughi di Padova che bisognava ristrutturare alla meglio, di urgenza. Comunque sia, il mio primo pensiero era stato quello che avrei dovuto schiaffeggiare il capitano, finalmente nella mia vita avere un duello! Ma poi? Lavoravo per gli Alleati, ero entusiasta degli inglesi, ancora più degli scozzesi! E così, rendendomi conto della comicità dell'incidente, ho sfogato la mia rabbia su Nini in quel modo, davanti a tutti quanti, come si fa con una bambina capricciosa che si porta via per sculacciarla. Il più bello, però, tu, Pepìn, non l'hai mai saputo!»

«Cioè?»

«Cioè che Nini, subito mentre la trascinavo via, mi dice che quello che avevo visto non era vero! No. Non era abbracciata con lo scozzese! Stavano là, dietro la tenda di mussola, a chiacchierare tranquilli, perché dalla finestra veniva un po' d'aria fresca! Insomma, io avevo visto male, anzi: *non avevo visto!* Hai capito, Pepìn? E dopo, sempre, Nini ha sostenuto testardamente che era stata soltanto una mia immaginazione.»

Ebbene, Nini mia, tu non hai idea come ti sono sempre stato grato di quella bugia. Perché, naturalmente, è una bugia a cui non ho mai creduto nemmeno per un attimo. Non eravate *al centro* dello sguancio come normalmente due che stanno discorrendo, eravate nell'angolo più lontano, stretti insieme, abbracciati, e tu di spalle: ti avevo riconosciuta dalla tua toilette azzurra, la prima che ti ho regalato, e dalla tua nuca, e dai tuoi capelli biondopaglia, mentre quelli dello scozzese erano biondocarota. Ma che cosa mi volevi dire con quella bugia così sfrontata, così disperata, così assurda? Che cosa?

Che mi volevi bene. Appunto il bene che, anni dopo, durante la crociera, a sentire Pepìn, io mi sforzavo di dimenticare.

E Pepìn, infatti, quella notte, a bordo della

Paolo Toscanelli, riprendeva così il suo ragionamento:

«Sei d'accordo con me a unire le tavole perché vorresti una Nini meno gelosa? Ah, ma allora devi incominciare a non essere più così geloso di lei!»

«Anche su questo sono d'accordo con te. E sarebbe un'altra probabile conseguenza se riuniamo le tavole.»

«Non dirmi che sei disposto a tollerare che tua moglie abbia un flirt con tête-de-carotte?»

«Eh sì, proprio così. Anche se, come Zerlina, *vorrei e non vorrei - mi trema un poco il core*... E anche se Nini mi ha fatto tanto piacere quando, l'altra mattina, ha detto che il signor Nicolosi non le va. A meno che non abbia finto, come ho pensato subito: o, peggio ancora, che l'antipatia a un tratto si ribalti in simpatia... Succede, succede. Anzi! Molte volte un'iniziale repulsione è il segno di una misteriosa attrazione. La voluttà di cambiare idea totalmente!»

Vedi, Nini. Raccontando a Palermini l'episodio di Palazzo Serbelloni, avevo detto che il tuo scozzese era biondocarota. Sinceramente, non ricordavo più quale fosse il suo tono di biondo, chi lo sa, molti scozzesi sono anche bruni. Ma avevo detto biondocarota perché, senza volerlo, avevo sperato che il signor Nicolosi ti piacesse un po'. Sperato? No, o almeno: non proprio. Diciamo dunque: sperato e temuto insieme, vorrei e non vorrei! Ebbene, questa incertezza è ignobile? Forse sì, è ignobile, inquietante, dolorosa. Oh, devi averla provata anche tu, qualche volta, cara mia. Sono certo, sono sicuro che l'hai provata.

7

Dopo Casablanca, quando la *Paolo Toscanelli* si è fermata a Dakar due giorni consecutivi, un caso o il destino ha voluto che tu, arbitra assoluta, ti sia trovata in grado di rifiutare, oppure di accordare a Palermini ciò che Palermini desiderava e ti chiedeva con insistenza — e che io, invece, ti sconsigliavo apparentemente ma, sotto sotto, con una speranza di non vederti seguire il mio consiglio.

Un banchetto era stato organizzato dalla Società di Navigazione per tutti quei passeggeri che avessero voluto parteciparvi, bastava iscriversi prima e pagare una quota. Si trattava di una cena notturna all'aperto, con spettacolo di balletti e mimi africani. Torce fiammeggianti, nella radura di una grande foresta di acacie senegalesi, alla periferia della città di Dakar. Tavolate e tavole più o meno grandi o piccole; ciascuno prendeva posto dove voleva, in compagnia di chi voleva. Palermini e Nicolosi furono i più solleciti a iscriversi. Io non volevo, ti ricordi, vero, Nini? «Per carità! sarà certo una volgarissima *menata*!»

devo averti detto: menata, espressione milanese che sola mi pareva corrispondere al mio cattivo presagio. Ma tu ci volevi andare:

«Dobbiamo contentare Palermini almeno una volta. Chissà che non ci divertiamo. E poi, così, sarà come se facessimo la prova a unire i tavoli: una prova, però, senza nessun impegno per i futuri giorni di navigazione!»

Naturalmente, la cena è stata un disastro. Il cibo, parte gustoso parte insipido, e tu, Nini — forse perché quello insipido era in qualche modo ripugnante e quello gustoso certamente indigesto, o perché lo spettacolo al centro della radura, il solito Gobòi coi suoi ballerini e musicanti, era visibile nel suo cerchio di luce elettrica soltanto da coloro che occupavano le prime file mentre io avevo preferito restare lontano, ai margini della foresta, in una penombra libera e riposante — tu ti eri stizzita, volevi a tutti i costi divertirti, e hai deciso di fare la spiritosa col signor Nicolosi. Non era appunto ciò che volevo? Sì, ma presto avrei cambiato parere. Ti eri seduta vicino a lui, e fino qui, andava ancora bene: io, infatti, quasi per seguire la tua ispirazione, mi ero messo subito accanto alla signora Nicolosi. Ma mi irritava la mise di Nicolosi: inguainato il gran torace in una canottiera arancione, nude dalla scapola in giù le braccia muscolose. E mi irritava ancora di più il contegno di Palermini: naturalmente installatosi in mezzo a voi due, era aux anges di trovarsi al posto d'onore. Inoltre, pensava che fosse suo dovere trattare te e la Nicolosi con pari gentilezza, e approfittava troppo volgarmente di questa occasione. Ecco, mesceva, e diceva:

« L'acqua? L'acqua, prima alla bionda, e poi alla bruna... Il vino? Il vino, prima alla bruna, e poi alla bionda! »

E a volte, scherzando scherzando, faceva apposta a confondersi, a sbagliare tra te e lei, con un'aria di pascià tra due odalische. Non c'era niente che potesse irritarmi di più. Sono sicuro, Nini, che tu te ne accorgevi. Povero, caro Pepìn! La sua vita, fino allora, contava tutta una serie di delusioni, mortificazioni, umiliazioni. Nato a Cremona, da ragazzo visse sempre a Cremona finché me lo trovai compagno di banco a Milano, al Leone XIII, per i tre anni del liceo. Suo padre, ferroviere, prima del '22 aveva litigato con Farinacci e Farinacci, una volta Ras di Cremona, lo aveva punito trasferendolo a Milano ma in una categoria molto inferiore. Palermini padre, allora, si era vendicato con un atto di orgoglio che gli costò caro: togliendo il figlio dalla scuola pubblica e iscrivendolo dai Gesuiti, appunto al Leone XIII. Continuai a vedere Pepìn durante gli anni dell'Università, anche se lui era in Lettere. E quando, nel '33, tornai per la prima volta dall'America, fu Pepìn che venne a accogliermi a Genova, al Molo dei Mille! Ormai professore e sposato, insegnava in un ginnasio-liceo di Cremona. Restò sempre a Cremona, per ottenere finalmente una cattedra a Milano solo dopo la precoce morte della moglie.

Ora, la crociera lo aveva esaltato, gli aveva fatto perdere la testa. Tuttavia, quella stessa sera di suprema contentezza, non dimenticava nemmeno per un istante di essere mio ospite e non cessava di soffrirne nell'orgoglio. Ma io soffrivo più di lui a vederlo così inferiore a se medesimo, perché ero stato io a invitarlo e tutto sommato mi sentivo responsabile per lui. Gli perdonavo, dentro di me gli chiedevo scusa, e il suo contegno mi imbestialiva lo stesso. Dondolandomi sulla sedia, cercavo di distrarmi, alzavo il mento allungando il collo indietro, sbirciavo verso il centro luminoso della radura, in basso, oltre le tavole affollate di quei miserabili crocieristi in mezzo ai quali tu e io, Nini mia, eravamo capitati anche se per sola colpa mia: e attraverso la penombra le fiamme il fumo di quelle maledette torce, intravedevo a malapena, dentro il piccolo cerchio sfolgorante creato dai riflettori, le evoluzioni, i salti, le acrobazie, i fremiti del Gobòi e dei suoi ballerini. Finché, a un tratto, in una piroetta altissima, il mantello di rafia si allargò come un paracadute e riconobbi, allora, qualcosa che avevo già visto... ma sì! visto a Londra, anni prima: i famosi Gongolì! Erano dei grandi artisti! Stavo per dirtelo, Nini, stavo per dare la notizia a te e ai nostri commensali: guardate che sono stato uno sciocco a scegliere questo tavolo! bisognava assolutamente prenotare un tavolo in prima fila! sono mortificato! scusatemi! stavo per dire, e perciò mi voltai verso di te. Ma tu, Nini, in quel momento ti era scivolato dalle spalle il tuo bel voile pervinca: testa-di-carota, prontissimo, quasi che fino dagli antipasti non aspettasse altro, si era chinato a raccoglierlo e con gesto delicato benché avvolgente lo riponeva sulle tue spalle, nude come le sue braccia.

Tutto questo fu orrendo, Nini, ma fu niente in confronto alle tue parole:

«Grazie, Nicolosi,» gli hai detto guardandolo negli occhi e senza sentire che io ti stavo guardando «ma sa che la pelle delle sue braccia è liscia — liscia da dare i brividi — liscia come quella di un bambino piccolo?»

«Faccio un po' di boxe...» ha risposto lui senza capire che non era il caso di giustificarsi «... cosa vuole, l'esercizio prolungato dei muscoli stira, assottiglia l'epidermide.»

E allora, finalmente, mi hai guardato.

Ma mi hai guardato perché mi ero alzato di scatto.

«Dove diavolo vai?» hai gridato spaventata.

Quando ci troviamo tra la gente, tu di solito non mi perdi mai d'occhio, Nini, e certo non ti era sfuggito, dall'altra parte del tavolo, il mio improvviso interesse per lo spettacolo, e sbagliando — sbagli anche tu, qualche rara volta sbagli — hai creduto di farla franca. Tamtam e saxofoni, in subitaneo fragoroso crescendo, forse ti obbligavano a parlare più forte di come vole-

vi. Credevi che io non potessi udire il tuo insopportabile, ridicolo complimento a Monsieur tête-de-carotte: ma poi, vedendomi alzare di scatto, ti sei ricreduta, ecco il tuo spavento. E io, una volta tanto più-in-gamba di te, sono riuscito a rasserenarti di colpo:

«Dove diavolo vado?» ho gridato allegrissimo. «Vado giù un momento a vedere il balletto! Credo che siano i Gongolì, il balletto della Sierra Leone, il più bello di tutti i balletti africani! Li avevo visti a Londra, sono formidabili! Non sono proprio sicuro che siano loro. Ma credo di sì. Vado a assicurarmi e torno a dirvelo. Perché dovete, dovete assolutamente vederli da vicino! Scusatemi tutti. Vado!»

I Gongolì era un complesso che aveva girato il mondo e che era venuto anche in Italia. Quando lo vidi a Londra, per me è stata una rivelazione. Sono antichissime danze della Sierra Leone, costruite su simboli religiosi. Non posso dire che avevo capito questi simboli. Sarebbe necessario studiarli seriamente per apprezzare davvero lo spettacolo. Ma ne avevo intuito lo stesso la bellezza; e mi colpì subito la bravura mimica e musicale dei ballerini.

Il significato di queste danze è comico-ironico: espressione di una civiltà che, più o meno coscientemente e recentemente, ma in ogni caso attraverso una lunga, lenta evoluzione intellettuale e razionale, si è liberata a poco a poco di un enorme complesso religioso, e ormai ricupera i miti degli avi con fantasia poetica. Tenerezza e scetticismo, commozione e burla.

Il tema che ricorre più frequentemente è quello del Gobòi, ossia del diavolo: una figura semiumana e semiferina, qualcosa tra lo scimmione, il caprone, il cane e l'uomo della foresta. Una massiccia maschera rossa e nera racchiude il capo del protagonista che interpreta il diavolo: un casco enorme e goffo. Tutto il corpo è coperto da un mantello di fili di rafia, fitti e molli. Al museo etnologico di Amsterdam avevo visto maschere e mantelli identici a quelli dei Gongolì, in esemplari del Settecento. La rafia si presta docile agli effetti più bizzarri: ondeggia nelle corse, si allarga a ventaglio nelle piroette, vibra nei tremiti, pende flaccida nelle pause. Si pensa alle movenze, egualmente comiche, del più simpatico dei nostri cani, il *pastore bergamasco.*

Dietro al Gobòi, o davanti, o tutto intorno, le schiere degli altri ballerini gli danno la battuta, lo assecondano, lo provocano, lo aizzano, lo assaltano, lo compiangono, lo deridono: soprattutto lo deridono. Questo beffarsi del diavolo è il tema più insistito e il significato più evidente di tutta l'azione coreografica.

Danze frementi di allegria, di vitalità, di intelligenza, drammi continuamente stravolti in commedie. Le fasi di esaltazione si alternano continuamente, come nella psicologia infantile, alle fasi di depressione: prima dolcezze e malinconie, spossatezze e delicatezze, lamenti solitari o corali — poi lo scatenarsi di energie travolgenti. Oppure assistiamo a passaggi lenti e graduali dall'uno all'altro di questi due climax: dal pianissimo elegiaco allo scoppio furibondo del tutta forza, e viceversa. La leggerezza, la velocità, l'elasticità delle membra pare non abbia limiti. Tutto il balletto, a volte, praticamente immobile, vibra solo a fior di pelle, come attraversato da una corrente elettrica. E a volte ondeggia e si placa a poco a poco, formando qua e là bolle gonfie d'aria, come una polenta quando si raffredda.

Forse il Gobòi di questi balletti è il diavolo, sì, ma più precisamente è un diavolo dissacrato, disarmato, smascherato: un diavolo che, scoperti finalmente i suoi inganni, viene identificato da tutti come essere umano, come il vecchione, lo stregone, l'uomo dei boschi e delle caverne che le generazioni nuove e civilizzate prendono in giro allo stesso modo che fino a ieri, nelle nostre valli alpine, i ragazzi e le ragazze del villaggio più vicino prendevano in giro qualche "vecchio scemo", l'eremita, il romito che viveva su per i monti, in una baita lontana e semidiroccata. O come l'avo che si continua a amare sebbene lo si dileggi, il sacerdote di una religione che in fondo non si abbandona sebbene la si cominci a ragionare, il depositario di un'autorità antica e oscura, paura da cui si prova la gioia di sentirsi quasi liberi. O anche come l'ultimo rappresentante di una cultura umanistica oramai ignorata, rinnegata, il quale continua a tessere intrighi, continua a architettare malìe o scongiuri, trucchi o illusioni, perché ama sempre dominare e perché gode soltanto del suo potere sugli altri. In una parola, Nini mia, chi è il diavolo?

Questa notte tra il 16 e il 17 aprile 1980, nel mio studio all'Hotel Drake di Chicago, mi rivolgo e rivolgo a te, Nini, questa domanda che mi è venuta in mente adesso, per la prima volta in tanti anni, ripensando alla nostra crociera del 1964 e alla nostra notte di Dakar.

Il diavolo oggi non esiste più. Ma esisteva. Sono stato io, il diavolo, e continuo un po' a esserlo, per forza, come del resto accadeva appunto nel balletto dei Gongolì, quando il Gobòi, il diavolo, esausto da tutti i suoi salti, piroette, contorsioni, smorfie, capriole, guizzi da serpente, dondolìi da ubriaco, processioni trionfali, si accasciava e schiacciava per terra, al centro del suo mantello circolare di rafia, ancora gonfiandosi a tratti, ancora sobbollendo qua e là, finché immobile, quasi invisibile straccio, giaceva sotto lo scroscio degli applausi.

Di colpo si spegnevano i riflettori. Nel buio improvviso, al fioco riverbero delle torce il diavolo non lo si vedeva più: approfittando di quell'attimo era scomparso.

Purtroppo, lo spettacolo mi aveva affascinato, mi ero dimenticato la promessa di venirvi a chiamare. Dimenticato anche di te, Nini mia? No di certo, al contrario, ero torturato dalla tua assenza. La gioia che mi dava specialmente l'arte del protagonista era tutta guasta dal non averti vicina a me. Dimenticato, dunque, solo della promessa collettiva che avevo rivolto a voi quattro del nostro tavolo. Vero, però, che se per un attimo non ti avevo più distinto dagli altri tre, proprio questa dimenticanza mi calmava come un senso di risarcimento, di giusta e per me dolorosa vendetta contro di te. Se non ti avessi sorpresa a elogiare grottescamente la pelle del signor Nicolosi, sarei lo stesso corso giù alla radura, a guardare da vicino i Gongolì. Ma la mia dimenticanza involontaria era connessa a una decisione volontaria che avevo preso: mi ripugnava vederti di nuovo, a quel tavolo, accanto a quell'uomo.

Fortuna che eravamo pari: tu ti eri scordata di me per la pelle liscia di un boxeur, io ti avevo abbandonata, amore mio, per la rafia del diavolo. Il tuo diavolo sono io, Nini, nessun altro. E forse tu sei il mio. Forse... Ma no, no, ora che ci penso: almeno fino a quel momento, non eravamo pari. Io avevo udito la confessione del tuo "brivido", avevi detto proprio così: «una pelle liscia da dare i brividi». Ma io sapevo anche, con certezza, che tu, dopo il dubbio di un istante, ormai credevi tranquillamente che io non avessi udito.

Il vantaggio era mio.

Quando tutti si erano alzati per applaudire, io, dall'entusiasmo, in quattro salti — saltavo ancora, allora — raggiunsi la prima fila di tavoli, dove erano le autorità: e un professore africano, doctor Davidson dell'Università di Freetown, mi riconosce e mi viene incontro, mi abbraccia. Siamo commossi tutti e due, da quanto tempo non ci vediamo? dove ci siamo visti l'ultima volta? subito parliamo fitto, accavallandoci, e io, pensando di fargli piacere — i Gongolì sono appunto del suo paese — gli dico perché li ammiro. È una civiltà, gli dico, non tanto diversa dalla nostra quanto sfasata dalla nostra: le loro danze hanno la stessa raffinatezza delle predelle senesi, delle vetrate gotiche, delle miniature persiane... Ma siamo interrotti da un'apparizione: un vecchietto piccolo, magrissimo, rugoso, anzi tutto raggrinzito, con un solo dente in bocca, gli occhi sfavillanti e un sorriso voltairiano. Abbraccia Davidson come Davidson ha abbracciato me. E Davidson ci presenta. È il ballerino capo, il protagonista, il Gobòi, il diavolo.

Penso subito a Me-lan-fàn, che avevo fatto in tempo a vedere, a Hong-Kong, quando lui, a settantadue anni, recitava Shakespeare, *Romeo e Giulietta*, e interpretava squisitamente la parte di Giulietta.

Ma il Gobòi ci ha già lasciato: con un inchino profondo e chiedendoci scusa va a abbracciare altri amici. Davidson, come incantato, resta a guardarlo. Poi si curva al mio orecchio:

«Do you know? He is eighty years old!»

Ottant'anni? Mi è difficile crederlo, dalla velocità dei passi, dall'elasticità delle capriole, dalla vibratilità controllata di ogni muscolo, di ogni tendine... Arriverò anch'io a quell'età? penso. E come ci arriverò? Ma in quel momento ti vedo, Nini mia: scendi verso la radura con Palermini e i Nicolosi, e intanto mi guardi, e hai la faccia dura e arrabbiata del rimprovero. Naturalmente! Il torto, secondo te, è tutto dalla mia parte! Ma io ti aspetto a piè fermo. I conti sono rimandati, la *Paolo Toscanelli* salpa a mezzanotte precisa, li faremo nella nostra cabina, alla luce azzurrognola dell'oblò, durante la navigazione, e non al chiarore rossastro e fumoso di queste torce che stanno per spegnersi, mentre tu avanzi con passo solenne di magistrato che ha già dato il suo verdetto.

Be', per il momento io mi preparo soltanto a presentarti doctor Davidson dell'Università di Freetown, al quale poi addosserò l'intera colpa se non sono tornato a cercarti.

8

«One sour, two sweet, three strong, four weak» disse doctor Davidson, e rivolgendosi a Palermini ripeté in italiano: «Uno acidùlo, limone; due dolce, sciroppo; tre forte, rum; quattro debòle, ghiaccio.»

Era la formula per ricordare la ricetta del Planter's Punch: credo che sarebbe stato impossibile dimenticarla a chiunque avesse visto, in quel momento, il gentile sorriso di doctor Davidson: lucidi denti bianchissimi, labbra scarlatte, faccia di carbone.

Finito lo spettacolo, Davidson con la sua macchina, risparmiandoci l'assalto a uno degli autobus dell'organizzazione, ci aveva portato subito sottobordo la *Paolo Toscanelli*. Ma, allo scalandrone, sorpresa. La partenza della nave era rimandata di due o tre ore, non si sapeva esattamente quanto tempo. Una trentina di passeggeri aveva scelto, invece della cena africana, l'escursione di Saint Louis: foce del Senegal, i marigots a Guiers, e lo spettacolo naturale dei *lamantini* così cari a Léopold Sédar Senghor. Sulla via del ritorno, a duecento chilometri da Dakar, il loro torpedone era fermo per uno stupido incidente, in attesa del mezzo inviato a soccorrerli.

Ora, tutti noi (compresa tu, Nini, che con Palermini e i Nicolosi ti eri poi ingegnata a vedere qualcosa del balletto) avevamo trovato stupendi i Gongolì, passabile il cibo, ma il vino, la birra, e tutti i drinks un disastro. E adesso doctor Davidson, lasciandosi trasportare dal suo spontaneo slancio ospitale, ci aveva costretto a risalire in macchina e ci aveva portato in un night per gustare almeno il Planter's Punch, famosa specialità locale. L'aggressiva, festosa, irrefrenabile insistenza del caro Davidson, neanche lo avessi istruito io, sembrava fatta apposta per spiegare e per scusare di fronte a te il mio comportamento. E si creò, allora, al night, una momentanea euforia: Palermini e la signora Nicolosi sfoggiavano il loro francese; a Davidson il francese era familiare non meno dell'inglese; in inglese il signor Nicolosi cercava di arrangiarsi un po'. Finché, tornati alla nave leggermente brilli, e dopo addii quasi commossi con Davidson, ci siamo separati. I Nicolosi, e Palermini con loro, hanno riguadagnato subito il poker, e tu e io la nostra cabina non senza, prima, farci promettere da Pepìn estrema cautela nel gioco.

Automatico è stato, fra te e me, da quel momento in poi, un mutuo mutismo. Non si sapeva ancora a che ora la nave sarebbe salpata. Eravamo invitati a assistere alla partenza notturna dall'alto della plancia del ponte di comando: con tutte le luci della grande rada piena di imbarcazioni sarebbe stata, si diceva, una fantasmagoria, e con Palermini e i Nicolosi avevamo stabilito di non perderla. Ma ormai eravamo stanchi, ci pareva di avere sonno e, soprattutto, sentivamo che tra noi due, come tante altre volte, era incominciata, non preceduta da esplicita "dichiarazione", una piccola guerra fredda. Tu sembravi persuasa nel tuo intimo che l'aggressiva, possessiva accoglienza di Davidson mi avesse assolto. Se questo era davvero il caso, ora sarebbe toccato a te fare il primo passo. Ma, chissà, forse tu ti fingevi ancora arrabbiata nella speranza che il primo passo lo facessi io.

La nostra cabina era la più bella della nave. Due bagni, un salotto, e un immenso letto matrimoniale. Ci siamo spogliati, ci siamo coricati, abbiamo spento la luce: tutto sempre in silenzio, escludendo tacitamente — svegli o addormentati che fossimo quando poi partiva la nave — di alzarci, di rivestirci, di scapicollarci fino alla timoneria. Ormai tu e io, nel buio assoluto salvo la trasparenza azzurrina dei due oblò e nell'assoluto silenzio salvo il lontano ronzìo cullante dell'orchestrina jazz al ponte A, pensavamo soltanto ai casi nostri: a fingere di dormire o, addirittura, a dormire...

...non so quanto tempo e non so come questo tempo sia passato. Nel silenzio e nel buio:

«Dormi?» mi hai detto.

«No.»

«Ma perché non dormi?»

Non ho risposto subito. Pensavo. Mi dicevo che, era chiaro, il primo passo lo avevi fatto tu. E che, dunque, potevo, dovevo parlarti. E allora... allora ho parlato e, porca miseria!, già mentre parlavo ho capito di avere commesso un errore madornale, irreparabile. Porca miseriaccia, sai che cosa ti ho detto? Te ne ricordi? Ti ho detto:

«Tu, cara, non ti sei accorta che quando quello là ti ha raccolto il voile, io sentivo le cose che gli dicevi, da cretina...»

Sei scoppiata a ridere:

«Il cretino sarai tu. Non mi sono accorta che sentivi? Ma per chi mi prendi? L'ho fatto apposta, a dirgli quelle stupidaggini! Apposta perché ero sicura, certa, certissima che tu avresti sentito!»

Ahi! Che sbaglio il mio sbaglio, Nini mia! Forse eri sincera, forse no. Ma, o no o sì, nell'attimo stesso che ti rivelavo di avere sentito, tu ti sei trovata in mano la difesa: che *l'avevi fatto apposta*. Che sbaglio! E questa è una cosa che potresti anche non dirmi mai, mai più, nemmeno se campo cento anni! Resterò sempre senza sapere la verità. D'altra parte, anche tu resterai sempre senza conoscere un'altra, più grossa verità, e in quel momento sono stato attraversato dalla tentazione assurda e fulminea di vendicarmi: di ferirti con questa minaccia misteriosa. C'era però un rischio, a minacciarti, e mi ricordo benissimo quello che, invece, mi sono limitato a chiederti, allora, nel buio:

«Perché l'hai fatto apposta, a dire quelle cretinate della pelle liscia, eccetera?»

«Mi fai ridere!» hai risposto. «Ma è semplice. Avevo visto che in qualche modo era una cosa che volevi, faceva parte della storia di unire i tavoli eccetera... E allora, ecco, te', prendi, tieni, non è questo che vuoi? Ti ho contentato, no? E se è questo che, adesso, ti preoccupa, sbagli a preoccuparti. Puoi stare tranquillo, tranquillissimo, per sempre. Quel signore non mi toccherà mai con un dito. E vuoi sapere perché? Vuoi saperlo? Be'... se tu, invece di andare a vedere il balletto e a chiacchierare col tuo amico nero, fossi rimasto a tavola con noi, non avresti bisogno, ora, di nessuna spiegazione. Quel signore, quel Nicolosi, alla fine del pranzo si è messo uno stecchino in bocca. E ha cominciato un lavoretto di precisione. Uno scavo accuratissimo! Un ripasso meticoloso! Una pulizia da sala operatoria! E non la finiva più! Che schifo! Schifo! Altro che unire i tavoli!»

Non ho detto più niente. Di nuovo siamo stati zitti. Ma non come prima: adesso né io né tu, credo, sentivamo più nessun bisogno di parlare.

Anche se io, forse, continuavo nello stesso sbaglio.

E nel fare all'amore quel grande letto come cigolava, come piangeva, come scricchiolava, una cosa fantastica! Non sembrava neppure possibile che facesse tanto chiasso! Sembrava, a momenti, che fosse lì lì per schiantarsi!

Siamo stati interrotti: qualcuno bussava alla porta della cabina. Chi poteva essere, perdio! Grido arrabbiato:

«Chi è?»

«Sono io, Vittorio, sono Pepìn.»

«Cosa c'è? Cosa vuoi?»

«Niente, non senti che la nave si muove? Partiamo. Non venite di sopra? Il Comandante vi sta cercando. Deve essere uno spettacolo meraviglioso! Nini, Vittorio, ci troviamo al ponte qui sopra, i Nicolosi sono lì che aspettano. Andiamo tutti insieme alla plancia del ponte di comando! E senza di te, Vittorio, noi non osiamo entrare!»

«Grazie, Pepìn. Vai tu solo dal Comandante, digli che lo ringrazio tanto, ma che purtroppo dormivamo di già. Buona notte, Pepìn.»

9

Tu non hai vizi, Nini.

Del solo, infatti, che farebbe eccezione, ti ho accusato soltanto prima del matrimonio e soltanto per celia: era, allora, un vizio innocente e innocuo. In seguito, cinque figli uno dopo l'altro ti hanno impedito di soddisfarlo: e io continuavo ad accusartene in teoria, scherzando, proprio perché era un vizio refoulé, represso, che ogni giorno guastava un po' il tuo buonumore.

Ti è sempre piaciuto moltissimo sonnecchiare a letto, la mattina. Sempre, fino a qualche anno fa. Ormai godi, come me, ad alzarti presto. Ma l'epoca della *Paolo Toscanelli* appartiene ancora alla tua giovinezza, e il tuo immediato entusiasmo quando ti avevo parlato la prima volta di una crociera nascondeva forse la certezza di poterti abbandonare per un intero mese a questa infantile, animalesca, unica tua droga. A bordo di un transatlantico si dorme così bene, con quel profondo, potente pulsare delle turbine che assiste e accompagna i sogni!

Dunque, una mattina... già avevamo fatto

scalo a Lagos, Nigeria, poi a Fernando Poo, davanti al Camerun, poi ancora a Bata, Guinea Equatoriale, finché, passato l'equatore, Libreville nel Gabon, e Pointe Noire... una mattina, dopo la fermata a Luanda, navigavamo al largo delle coste desolate e selvagge dell'Angola. Il prossimo scalo era Lüderitz in Namibia, tra 26 e 27 gradi sud.

«Aprimi, sono io» ti dico dopo avere bussato alla nostra cabina numero 23. Siccome non rispondi, busso più forte.

Finalmente bestemmi. E vieni ad aprirmi tutta nuda, e torni, in due salti, a letto. Credo di doverti spiegare:

«Scusami se ti ho svegliato, sono venuto a prendere il cannocchiale, si vedono delle balene...»

«E mi svegli per questo? Per vedere le balene? Maledetto!»

Scivolo in punta di piedi nel salotto, prendo il grosso cannocchiale, me lo metto a tracolla, intanto penso che fuori, dall'alto del ponte di comando farà piuttosto freddo, e cerco un golf che dovrebbe essere lì, in una valigia.

«Che cosa stai facendo?» gridi di là, arrabbiata. Te lo dico. E allora tu:

«Perché non scendi giù, al ponte di sotto, così non hai bisogno del golf, per vedere una balena!»

Giuro, non ti ho capito, o piuttosto ti ho capito con un attimo di ritardo, che purtroppo mi è bastato per chiederti stupidamente:

«Cosa vuoi dire?»

«Voglio dire perché non vai giù nella cabina della tua balena!»

Intanto avevo già capito, e col golf e il cannocchiale, passandoti davanti per uscire, mi abbandono al massimo dell'ilarità:

«Balena va bene, come va bene testa-di-carota, ma perché *mia*?»

Ti eri voltata contro la parete, con la faccia dentro il cuscino, e senza guardarmi gridi:

«*Tua* perché mi hai svegliato! Non lo fare mai più, capito! Le balene! Va' a svegliare lei, e mettile nel culo il tuo cannocchiale che le entrerà comodamente! Carogna! Sei una carogna, sì, e anche un povero imbecille!»

Vado su, salgo due, tre scale verso il ponte di comando, passando dal bar incontro Nicolosi, tête-de-carotte. È solo, senza la moglie, naturalmente, a quell'ora. Prendo un caffè con lui, lo pianto subito, arrivo su in plancia, e, dopo mezz'ora di pazienza, seguendo i gentili consigli del Comandante che mi sta vicino, riesco effettivamente a vedere le balene. Quando la nave si allontana e non le vedo più, ringrazio il Comandante e torno sotto. Il cannocchiale pesa. Passo di nuovo dal bar. C'è Palermini, sbarbato di fresco, arzillo. Gli chiedo se ha visto Nicolosi.

«Sì, ma mezz'ora fa. L'ho incontrato sulla scala, scendeva mentre io salivo. Mi ha detto che tu, un momento prima, te ne eri andato su, col cannocchiale, a vedere le balene. »

Ebbene, lo confesso, malgrado tutto quello che mi avevi cantato in musica, o forse, proprio perché ti eri troppo dilungata sullo stuzzicadenti, sospetto che Nicolosi sia venuto da te. Da qualche sera, avevi scoperto che era uno straordinario ballerino, e ti eri messa, come di proposito, a ballare quasi soltanto con lui: solo qualche volta hai ballato con Pepìn, e in un'unica occasione con me. Non ballo mai perché so di essere negato. Ma, seccato di vederti ballare sempre con quel tipo che ti aveva fatto schifo, mi sono deciso ad accontentare le insistenze della signora Balena, e a lanciarmi in un valzer lento con lei. Dopo, subito, ho continuato con te: un altro valzer, ma meno lento, purtroppo. Tu hai cercato di aiutarmi, mi è andata male, e tu, allora, hai ricominciato con testa-di-carota, quasi per punirmi. Dicevi sempre che era un cafone noioso: andava bene soltanto per ballare, dicevi. E intanto ballavi.

Breve, puoi capire, dopo tutti quei boogie-woogie, mambo, rock-and-roll, se l'involontaria informazione cronometrica che mi aveva dato Palermini sul salire e scendere mio e di Nicolosi non mi aveva inquietato!

Sono sceso al nostro ponte, che era subito il primo sotto il bar, e mi sono fermato davanti alla porta della nostra cabina. Ascolto appoggiando l'orecchio alla porta. Sto quasi per bussare, ma non lo faccio: anche se lui era lì, con te, potevi benissimo bestemmiare come prima. E io, allora?

Mi viene un'idea. Scendo al ponte di sotto, busso alla cabina dei Nicolosi, nella smania di trovare Nicolosi lì.

Ma no, c'era solo lei, e l'ho svegliata, neanche obbedissi al tuo scherno. La Nicolosi, lo sai benissimo, non è che mi piacesse. Eppure, nessuno al mondo può dire che non sia una bella donna. Monumentale, ma di una certa classe, e con quell'accento francese... Taglio corto, ero così irritato di non trovare suo marito lì con lei, che, se lei fosse stata non Giunone ma la Venere di Milo, e se le avessi attribuito, vedendola lì in vestaglia, un po' di quello charme che le attribuiva Pepìn, la sola idea che testa-di-carota poteva, in quel momento, essere a letto con te mi ha tolto ogni velleità.

Si capisce, mi sono detto: appena testa-di-carota mi ha visto salire su col cannocchiale, e io da sciocco gli avevo anche detto che ero deciso a restare in timoneria finché non vedevo le balene, lui è venuto giù, sapendosi bene accolto. Chissà che cosa gli dicevi all'orecchio mentre ballavi. E mentre ballava non aveva certo uno stecchino tra i denti.

Viceversa, devi credere, Nini, a quello che ti dico adesso, per concludere: se, in un modo o nell'altro, io avessi avuto la certezza — la certezza, capisci! — che lui era nella nostra cabina a letto con te, oh! non avrei esitato a dare l'assalto alla signora Nicolosi così come si era sognato Pepìn la prima notte, e forse per me non sarebbe stato un sogno. Guarda! solo a pensarci, ancora oggi... non so, non so, ma, ecco, so che non avrei esitato!

Torno su, alla nostra cabina. Deciso a non bussare, non volevo correre il minimo rischio di svegliarti a meno che non udissi delle voci dentro la cabina, la tua voce, la sua voce: a meno, insomma, che non avessi, in qualche modo, la certezza che lui era lì, con te! Ma deciso anche a restare lì di guardia, da imbecille. E appunto così, come tu mi avevi chiamato, ci sono rimasto due ore. A volte, assicurandomi prima che in quel momento non passava nessuno nel corridoio, accostavo l'orecchio contro il legno della porta, cercavo di percepire ciò che sospettavo. Mi pareva, ora sì ora no, di udire dei sospiri, dei sussurri, quasi il fricicchio di un bacio... Ma non ci avrei giurato. Era piuttosto una sensazione parapsicologica, una di quelle abduzioni di cui parla Pierce, e a cui, nei romanzi del secolo scorso a cominciare dai *Promessi sposi*, si alludeva con una frase d'obbligo: «Il cuore mi dice che...». Sì, il cuore mi diceva che tu non eri sola nella nostra cabina... e che c'era qualcuno lì dentro, con te. E chi poteva essere se non Nicolosi? Senza contare che, all'interno di un transatlantico in navigazione, la tecnica della carpenteria esige connessure lievemente imperfette: e qualunque tipo di *lining*, parqueterie, rivestimento, tutte le fodere lignee producono continui, inevitabili, e anzi necessari cigolii, scricchiolii, perfino schianti che è impossibile distinguere da quelli di un letto quando si fa all'amore. Io stesso ero stato ingannato da questo fenomeno la notte della partenza da Dakar!

Di tanto in tanto passeggiavo avanti e indietro lungo il corridoio della nostra cabina, ma non superavo mai l'estremità. Di qui vedevo l'invito della scala al ponte di sotto e l'invito della scala al ponte di sopra. Di qui doveva assolutamente passare chiunque usciva dalla nostra cabina e chiunque vi si dirigeva.

Tornavo sovente a origliare alla porta della 23. E avevo sempre quella strana impressione: come di un respiro o di due respiri, soffi soffocati, cigolii, scricchiolii che potevano, anche, non appartenere tutti a quelli che la *Paolo Toscanelli* in navigazione normalmente produceva, e intanto, lontano, nel profondo ventre della sala macchine, il cupo, incessante ansare delle turbine accompagnava, nascondeva, mi impediva di isolare e identificare alcuni elementari acusmi che solum sono umani. Ero pazzo di gelosia, Nini!

Per il colmo, arrivò anche l'ora dei passeggeri che hanno l'abitudine di farsi servire in cabina un caffè, un tè, o addirittura il breakfast. Lo steward e una stewardess, che ormai mi conoscevano, passavano e ripassavano, e mi trovavano sempre lì. Comiciarono a stupirsi e a lungo andare anche a preoccuparsi palesemente. E io mi vergognavo, ma non abbandonavo il campo. Finché, nel momento che mi passava davanti con un enorme vassoio colmo di bricchi, tazze, vasetti di marmellata, fermai la stewardess: la fermai anche perché era giovanissima, triestina, carina, sorridente e ormai incuriosita.

«Scusi,» le dico «a quale cabina va?»

«Perché la lo vol saver?»

«La domanda è giusta. Allora, lei si stupisce a vedermi sempre qui da più di un'ora?»

«Sì, certo!» continuava a ridere.

«Vuol sapere perché?»

«Ma sì, eh? Se le serve qualcossa...»

«Ecco, vorrei entrare nella nostra cabina, la 23, per posare questo enorme cannocchiale che mi pesa, ma non voglio svegliare mia moglie: aspetto che da un momento all'altro si decida a chiamare il breakfast, come tutte le mattine. Soltanto che oggi sembra che tardi.»

«Mi rincresce per lei, ma no vado al 23, no xé stada la sua signora a ciamarme.»

Passa un certo tempo. Continuo a passeggiare nel corridoio. E a fermarmi, qualche volta, davanti alla cabina 23. E se, in quel momento, non c'è nessuno che mi vede, ad auscultare alla porta ciò che mi dice il cuore.

Torna dopo un po' la deliziosa triestina. Si chiamava Wilma. Dice:

«Ma no xé possibile! Ancora qui? Lu la xé proprio inamorado de sua moglie!»

Ricordo che, a quella parola, mi era salito

alle guance come il calore di una fiamma. Ma non avevo finito di arrossire, cosa vedo? Vedo testa-di-carota che sbuca dall'invito della scala di sotto, e svolta per salire al ponte di sopra. Dalla gioia lo chiamo, forse grido:

«Nicolosi!»

E gli corro incontro come a un salvatore.

Strano, in questo medesimo istante, ho un'altra — diciamo pure così — intuizione parapsicologica: mi sento felice, felicissimo, e insieme deluso. Come se vedessi allontanarsi per sempre la possibilità di una speranza. Non sarai mai, un bel giorno, diversa da come sei, Nini mia. Non sarai mai un po' meno gelosa. Ma infinitamente più forte e più viva di questa delusione è, per il momento, la mia gioia.

Mentre con Nicolosi monto al bar, gli domando da dove viene. È stato giù alla sala ginnastica, a fare una sauna. Palermini è ancora al bar. Offro una bottiglia di champagne. E quando, poi, resto solo col mio Pepìn, gli racconto, dalle balene alla battuta di Wilma, la storiella tragicomica di quella mattina ansiosa, che ho raccontato adesso a te, Nini, Nini mia, unica dolcezza mia. E tu, forse, ti stupirai. Mi dirai: "Perché, fino ad adesso, fino a questa tua immensa telefonata che mi mandi con una cassetta magnetica, non me l'avevi mai raccontata?"

Dammi tempo, dolcezza mia, ti supplico di pazientare ancora. È così difficile quello che ti vorrei dire! Tanti anni fa, a poco a poco, io entrai, Nini, nella tua vita: mentre tu sei rimasta sempre sulla soglia della mia: vorrei finalmente, e a poco a poco anche tu, vederti entrare.

Intanto, la storiella della mattina ansiosa non finiva qui. Dopo averla raccontata a Palermini, sono sceso giù, da te. La porta è aperta, sei in piedi ma in vestaglia. Mi guardo intorno, vedo che non ci sono tracce di vassoi, di cibi:

«Ma come? È quasi mezzogiorno e non hai ancora fatto il breakfast?»

«Sì, l'ho fatto subito dopo che te ne sei andato. Mi hai irritato svegliandomi, e non riuscivo più a dormire. Ho potuto dormire dopo il breakfast, e ho dormito fino a un momento fa.»

Stavo per dirti che non ti credevo. Che Wilma l'avrebbe saputo e che me lo avrebbe detto, se tu avevi fatto il breakfast. Ma non ero proprio sicuro. Quando ero venuto a svegliarti, era molto presto e Wilma poteva anche avere preso servizio un'ora o più dopo. Quindi, sono stato zitto.

Ho cominciato a aggirarmi nella stanza da letto, nel salotto, nei bagni, fiutando l'aria, come per scoprire la prova materiale della presenza, lì dentro, in quei settanta metri cubi, di una persona che certamente non poteva essere Nicolosi. Eh sì! Perché sono davvero quello che tu hai detto: un imbecille. La gioia di scoprire che Nicolosi non era stato lì mi aveva fatto dimenticare che, lì, lì, in quelle tre ore, ci poteva essere stato un altro uomo. Ma chi? Mi ricordavo benissimo, e come avrei potuto dimenticarmene, ciò che avevi detto come scherzando appunto perché, forse, era vero: che c'era, a bordo, un terzo uomo che, dopo me e dopo Pepìn, ti piaceva, o ti sarebbe piaciuto. Naturalmente, l'inclusione di Pepìn suggeriva la possibilità che si trattasse, anche per il terzo uomo, di qualcuno col quale non era assolutamente necessario fare all'amore: una simpatia, e basta. Sei stata molto astuta, oltre che gentile, a mettere nel trio Pepìn. Insomma, ero quasi certo che eri, non so come, nel torto. Ma che cosa avrei potuto dirti?

Ora mi passava per la testa come un'illuminazione la certezza improvvisa e ingiustificata che, quando sono entrato in cabina svegliandoti per prendere il cannocchiale, tu hai, per così dire, approfittato della rabbia, della furia, e dell'odio che provavi per me in quel momento, e hai deciso, in quel momento, di vendicarti. Come? Ci doveva essere qualcuno, a bordo, che ti piaceva, qualcuno col quale ti intendevi. E esisteva il telefono, da cabina a cabina. Hai fatto il suo numero, gli hai detto: "Via libera, vieni". Eri sicura, eri tranquilla che, con la scenata che mi avevi fatto, fino a mezzogiorno non sarei più tornato. Insomma, non ero in possesso di nessuna prova. Ma l'abduzione, secondo Pierce, è una prova.

Per liberarmi delle continue sofferenze che mi procurava la tua maledetta gelosia, a un certo momento mi ero illuso che mi bastasse coglierti in fallo mentre mi tradivi. Coglierti in fallo era difficile e, soprattutto, mi straziava. Ora, non posso dire che la tua gelosia mi straziasse: soltanto che mi affliggeva, e devo aggiungere che, in fondo, mi faceva piacere, lusingava il mio orgoglio. Valeva dunque la pena coglierti in fallo? Il prezzo che avrei dovuto pagare per la mia tranquillità di libertino non era troppo caro? Niente mi vietava di fare la prova. Ma, appunto, fare la prova non poteva essere fatale? Non avrei rischiato di perderti? Se la tua gelosia mi addolorava meno della mia, ebbene, maledivo ancora di più la mia.

...A questo punto mi accorgo, amore, mio, che il nastro magnetico della cassetta numero 1 sta per finire.

10

Dopo tre giorni di lavoro e di vita normale, torno al microfono del registratore. Prima, però — perché non vorrei annoiarti, Nini, non vorrei ripetermi — ho ascoltato la cassetta numero 1. Poi l'ho richiusa nel *safe*, non so, forse ne avrò bisogno soltanto di un'altra, in ogni modo ti spedirò tutto insieme quando avrò finito. Ahi, questa maratona al registratore sta diventando un'ossessione, ti parlo anche mentre dormo, figurati che stamattina mi sono svegliato perché l'apparecchio non funzionava. Sognavo che stavo telefonandoti ma questo aggeggio, nel sogno, era più complicato, più infernale della realtà: registrava tale quale il registratore che ho davanti e al tempo stesso era anche un autentico telefono; tu ogni tanto mi interrompevi, mi dicevi di ripetere una parola che non avevi capito; infine, oltre telefono e registratore, era addirittura un computer, dava delle informazioni, c'era un video su cui apparivano via via parole e cifre! Sognavo di avere vinto un grandissimo premio. Una specie di Nobel dell'Architettura, mi era stato assegnato per la I.U.H. che era già ultimata in tutti i più minuti particolari, come sarà soltanto tra un anno e, se Dio vuole, dopo una lunga assenza da Chicago, dopo tutta la prossima estate e il prossimo autunno, che nel sogno erano già passati, ma che spero davvero di trascorrere a Milano e a Ventimiglia, con te e con Giacomo, Raffaello, Agostino, Filiberto e Maria. Nel sogno ero tornato a Chicago, aspettavo l'inaugurazione definitiva e solenne dell'Università, e ti telefonavo appunto per darti la notizia che mi era stata comunicata soltanto un momento prima: avevo vinto il grandissimo premio mondiale dell'Architettura! Sai di quanti dollari era il premio? Il computer comunicava la cifra. Una cifra infinita, composta solo di 9. Una serie di nove. 999999999999... tutti uno dietro l'altro: ma, ecco, l'ultimo 9 si era incastrato, rimanendo a metà fuori della cornice del video. L'apparecchio si era fermato, non andava più avanti. Neanche l'audio funzionava più, tu non eri più dall'altra parte del telefono a ascoltarmi... e è così che, dalla rabbia, mi sono svegliato stamane. Erano le sei, mezzogiorno in Italia. Adesso, invece, sono le sette di sera. Ho lavorato tutto il giorno a Wilmette, sempre per trovare una soluzione al problema delle cremonesi, e adesso finalmente posso riprendere la mia storia, che ormai ti sembrerà noiosa e interminabile. Devi sempre pazientare, cara: proprio le cose più importanti, fin qui non te le ho dette.

I fatti contano, certo: ma non contano mai come i pensieri, i desideri, le riflessioni che noi riveliamo quasi sempre con le nostre bugie appunto perché non sono ancora fatti! Quante bugie-verità vorrei sapere, di te e di me, rimaste oscure! Per esempio: se quella mattina trascorsa nel corridoio aspettando il tuo risveglio, io ti avessi sorpresa — cosa impossibile perché lui intanto era alla sauna — a fare l'amore con Nicolosi, come ti saresti comportata tu? Se questa fosse la telefonata del mio sogno, so quello che mi risponderesti: "Ma piantala Vittorio! È stupido e ridicolo che io mi sforzi di immaginarmi come mi sarei comportata in una situazione che non si è verificata perché non poteva verificarsi..." Alt! hai ragione solo fino a un certo punto: te l'ho già detto, potevi benissimo avere ricevuto qualcun altro nella cabina. E di questo, ne riparleremo. Ma facciamo un altro caso. Passiamo a una domanda che riguarda non te, ma me. Anche in questo caso si tratta di qualcosa che non è successo e che poteva succedere. E se mi pescavi a letto con la signora Nicolosi? Ecco, se tu chiedi a me, ora, come mi sarei comportato io, io ti risponderei in un modo lievemente diverso dal tuo: "Ignoro, Nini, come mi sarei comportato; ma lo ignoro soltanto perché non è successo, *non* perché non poteva succedere".

A parte questa piccolissima diversità tra te e me, siamo stati molto fortunati, tu e io, nella nostra vita. E non dirmi che non siamo d'accordo nel considerare questa come una grande fortuna per tutti e due: non ci è mai capitato di *sorprenderci*, di coglierci in fallo.

O è una finzione?

No, non è una finzione, perché nella realtà fisica è stato proprio così: il destino o, se vuoi, una nostra più o meno cosciente cautela, ci ha sempre risparmiato la volgarità del vero guaio, ci ha sempre salvato da un incidente così sgradevole.

Allo stesso tempo, invece, è, sì, una finzione, perché tu e io sappiamo benissimo come stanno le cose: se per un momento trascuriamo la frequenza del fatto e l'identità del *terzo personaggio*, tu e io sappiamo benissimo che tu mi hai tradito e che io ti ho tradita.

Non sarebbe, dunque, finzione, sarebbe, è realtà: senonché è una realtà ambigua, bivalente, che nel suo più profondo significato contiene nascosto un nucleo di falsità, così come la prima e superficiale apparenza del fatto, quella apparenza che ci siamo abituati a chiamare finzione, contiene invece la verità, ciò che più importa di tutta la verità.

E va bene, va bene, va bene: tanto bene, che ci consideriamo fortunati. Ma che bisogno proviamo, allora, di pensare a altri, diversi, possibili destini? Che cos'è che ancora ci affanna? Perché sentiamo o perché almeno io sento, ancora oggi, trovandomi così lontano da te, la necessità di parlarti più sinceramente, di rivelarti qualcosa che non hai mai saputo di me, o che forse io credo tu non sappia mentre lo sai, o addirittura qualcosa che, in fondo, resta misterioso perfino a me stesso? E la nostra — mia e tua — cautela non era esagerata? È stato coraggio oppure viltà? Quando, primo scalo dopo Lüderitz in Namibia, la nave è arrivata a Cape Town, anche tu ti ricorderai che la nostra vita di crociera è cambiata. La nave aveva preso a bordo nuovi passeggeri di prima classe. C'erano dei missionari irlandesi e olandesi, anche un monsignore o un vescovo, non ricordo e, senza nessun rapporto con questi missionari, un gruppo chiassoso, rumoroso, ridanciano: sette otto uomini e qualcuna delle loro donne, commercianti, affaristi, pubblicisti, tutti quanti americani, tre dei quali italo-americani di origine napoletana o pugliese... Gente che a te e a me, e specialmente a Palermini, è sembrata subito insopportabile: tutt'al più, li avremmo trovati pittoreschi. Ma capitò, non poteva non capitare, che facessero immediata amicizia con i Nicolosi. I Nicolosi, poveretti, erano molto meglio di loro: non abbastanza meglio, tuttavia, da non ammirarli e immediatamente simpatizzare. Non ho assistito alla commovente scena, ma Palermini me ne ha parlato e credo di poterla immaginare. Infatti il signor Nicolosi, nel '43 o '44, come quasi tutti i ragazzi e perfino ragazzini meridionali, aveva lavorato per il Governo Militare Alleato, e era stato dipendente, a Bari, di uno di quei tre italo-americani: Hello Nicolosi!

Hello Bill! For God's sake! What are you doing here! That's wonderful! We must celebrate!

Mentre la *Paolo Toscanelli* salpava per Port Elizabeth, non abbiamo più visto i Nicolosi al loro tavolo vicino a noi. E fu così fino a Genova, con una certa mestizia di Palermini... Tutte cose che sai, Nini. Ma non ho mai capito bene, da quella sera in poi, per tutto il resto della crociera, il tuo nuovo comportamento verso i Nicolosi.

La tavolata degli americani era all'estremità opposta della salle à manger. Ebbene tu, quando incontravi qua e là i Nicolosi, al bar, al cinema, alla passeggiata, alla piscina, eri sempre la prima a slanciarti verso di loro, sia che li trovassi insieme, o lui solo, o lei sola. Li festeggiavi ogni volta, neanche li incontrassi in Montenapoleone, ben sapendo che non vivono a Milano. Quasi li abbracciavi, e gli facevi complimenti come a vecchi amici. Perché? Ho sempre avuto questa curiosità, se non te ne ho mai parlato c'era un motivo. Ma quale era il *tuo* motivo per trattarli di colpo così bene, e così diversamente da prima? Me lo dirai, un giorno o l'altro, spero presto. Intanto, ho cercato da me una spiegazione. Eccola: volevi dimostrare ai Nicolosi che non te ne importava niente se non prendevano più i pasti vicino a noi. Che non ti seccava. Che, anzi, eri contenta.

E io, al solito, sentivo, anche questa volta, come te, avevo la tua medesima, identica reazione: un orgoglio, un distacco, un *mettiamo le cose a posto.* Ma, allo stesso tempo, in strana contraddizione, provavo una leggera malinconia a non vederli più come prima, lì vicini, quando ci mettevamo a tavola. Sono quasi sicuro che anche tu ti contraddicevi come me e provavi anche tu quella leggera malinconia.

Fino dal primo giorno di navigazione dopo Cape Town e una volta doppiato il Capo di Buona Speranza, è stato per noi uno strano senso di vuoto, quasi di solitudine: anche se, o addirittura perché tutto ci sembrava più bello. Finalmente l'Oceano Indiano, l'arrivo a Port Elizabeth nell'ora magica del tramonto, le colline di Uitenhage, la spiaggia immensa della baia di Algoa, i bassi raggi del sole che sfioravano il vecchio, grazioso, innocuo fortino inglese del principio dell'Ottocento coronandone d'oro rossastro le mura beige, il contrasto con gli alti parallelepipedi degli stabilimenti tessili e chimici, il fumo delle raffinerie, le gru e le navi del porto, tutta la città moderna, due secoli di rivoluzione industriale davanti a noi come un diorama, e il sottile profilo di Cap Recife, laggiù, nero, in controluce... Più bello, mi chiedo malignamente, appunto perché ormai non correvamo il pericolo di vederci abbordare, in qualunque momento, dai sorridenti, invadenti Nicolosi? Sì, forse sì. Quella nostra disposizione contemplativa dipendeva, forse, dal saperci abbandonati da loro e costretti alla nostra raffinatezza: e anche, naturalmente, alla malinconia che ti ho detto.

I Nicolosi, dunque, ci *inquinavano*? Oh, non soltanto maligno, sarebbe sbagliato e ingiusto dire così! Vedi, Nini, secondo me i Nicolosi erano tutto quello che noi non siamo mai stati e, forse, non avremmo mai potuto essere: semplici, umili, un po' volgari, inconsciamente manovrati dagli ingranaggi di una vita piccolo borghese, priva di qualunque ambizione e consacrata a un rigoroso egoismo di cui faceva parte, in fondo, anche l'affetto che legava insieme loro due. Fare all'amore ma niente figli. Mangiare meglio possibile ma senza spendere troppo. Il poker ma con moltissima astuzia, moltissima prudenza, e forse le rare follie al poker saranno stati i loro soli veri dolori, se si escludono gli inevitabili disastri, come malattie e morte, da cui non scampa nessuno. Viaggiare, divertirsi, vivere con una certa comodità. Lavorare per guadagnare il massimo stancandosi il minimo, aspettare la pensione. Credo che lui fosse impiegato in una banca, lei in una casa di mode. Era appunto questa vita così diversa dalla nostra vita sempre impegnata in difficoltà e contrasti, sempre agitata, sempre violenta nell'alternarsi di entusiasmi e scontentezze, era appunto questa normalità riposante dei Nicolosi che ci affascinava: anche se lo abbiamo capito — ma senza dircelo — soltanto dopo che siamo rimasti soli con il caro Pepìn. Ma chi lo sa? Il mio elogio dei Nicolosi a tanta distanza di anni probabilmente è un'astrazione che vagheggio perché si oppone alla nostra inquietudine. E ciò che mi inquieta oggi è proprio lo strano vuoto con cui mi sembra di ricordare le due settimane di crociera lungo le coste orientali dell'Africa, Durban, Lourenço Marques, Dar Es-Salaam, Mombasa, Mogadiscio, Djibouti, Port Sudan, fino al canale di Suez, fino all'escursione del Cairo, fino al rientro nel Mediterraneo, fino all'arrivo a Genova!

Diritto a prua della *Toscanelli*, nel grigiore dell'alba sfavillava a intervalli una luce sul lontano orizzonte: la Lanterna!

Più volte ricostruita e restaurata sostituendo le antiche merlature con gli attuali balaustri, la Lanterna, il faro di Genova, è ancora oggi quello disegnato nel 1545 su piani di Giovanni Maria Olgiati, architetto della Fortezza di Savona e della Porta degli Archi a Brignole. E il piccolo faro di Wilmette? Il piccolo faro di Wilmette non è poi stato distrutto. Nella improvvisa, delirante esaltazione con cui avevo immaginato la I.U.H. mi era parso che distruggerlo fosse indispensabile... ebbene, sarebbe stato un errore madornale! Ma accade sempre così. Quando si tenta di sfiorare il sublime, fatalmente ci si avvicina al ridicolo, e non si corre mai un rischio altrettanto probabile di cadere nell'ignominia, tra dileggi universali. Il piccolo faro è stato inglobato nell'ampio disegno dell'Università Umanistica mediante semplici elementi digradanti, organici, provvidi al traffico, che lo raccordano ai moduli dell'edificio centrale. Ma fino a quando quelle lievi lesene di labradorite ricorderanno al mondo il mio nome? Resterà solo un sogno, la mia gloria?

Al primo impallidire della madrugada ero lassù, sulla plancia del ponte di comando. Senza di te. Ci aveva invitati il Comandante, per l'ultimo caffè. Ma tu non ti eri mossa:

«Il Comandante, l'ho già ringraziato! Vai tu da solo, ti prego! Così io, intanto, finisco di fare le valigie con un po' di tranquillità». Una enorme quantità di cianfrusaglie africane, regali stupidi e costosi per ciascuno dei cinque figli. Difficile cacciare tutto quanto nelle valigie. Ti ho creduto da stupido. Un'ora dopo, quando sono sceso, tu dormivi beata, dormivi serpentina, una delle tue solite pose graziosissime, lasciando la cabina nello stesso disordine di quando ci eravamo coricati: pacchi, sacchi, rotoli, giocattoli, frecce, scudi, tamtam! Rinuncio a scavalcare quella montagna per svegliarti con il bacio del perdono. Ti sveglio con un guaìto di impazienza!

I Nicolosi, li avevamo salutati la sera prima, durante il Festino d'Addio. Ma il solo a commuoversi un po' era stato Pepìn. Noi due, purtroppo, abbiamo sciorinato degli «arrivederci scriviamoci telefoniamoci» ancora più immaginari di quelli scambiati tra gente che ha fatto conoscenza passando l'agosto in un albergo di montagna. E tu, non so perché, forse soltanto perché nella confusione di tutti quei brindisi eri distratta, non ti sei nemmeno sforzata di ripetere ancora una volta — cosa ti costava? — la mondana, frivola commediola tipo Montenapoleone!

Ti do atto, però, che con le valigie sei poi stata bravissima come sempre. Senza dirmi niente, ti eri già messa d'accordo per farti aiutare dalla Wilma, quella ragazza quasi del tuo paese, con la quale parlavi in dialetto. Non te la ricordi? Te la ricordi certamente. E mentre tu, con lei, compivi il miracolo di fare le valigie in un'ora, io sono salito di nuovo ai ponti di sopra, dal marconista dei telefoni, al bar, al ristorante... Quando ho visto Wilma, ho pensato che dovevo ancora distribuire le mance. Come sai benissimo, Lorenzo mi era stato simpatico fino da quella volta che mi aveva versato il pesto addosso per colpa tua. Servizievole e mai servile, un cameriere perfetto. Di proposito sono stato, con la mancia, molto largo. E lui, allora, incoraggiato, mi racconta in breve la sua vita. È friulano, ha fatto il militare in Marina, da qualche anno naviga ma ha deciso di piantarla. Vuole vivere in città, Milano, possibilmente, dove dei parenti, degli zii lo ospiterebbero almeno nei primi tempi. Ha la patente di secondo grado, gli piace guidare, pensa a un taxi, mi chiede di raccomandarlo al Comune, si era messo da parte un po' di denaro, ma sente dire che, per ottenere la licenza senza aspettare troppo, ci vogliono appoggi, ecc. Insomma, sono cose che tu sai come me, meglio di me.

Se vado avanti con Lorenzo, Nini, ti supplico di non staccare il registratore. Continua a ascoltarmi, capirai perché. Ti dirò, dopo, qualcosa di nuovo, qualcosa che forse ti stupirà ma che non avrei il coraggio di confessarti se prima non ti ricordo tutto quello che non hai dimenticato... del resto, è la prima volta che te ne parlo, no?

Naturale che sia così. Degli avvenimenti più dolorosi del passato, tra moglie e marito, non si parla mai. Se non quando è necessario. E questa volta, come vedrai, lo è.

A Lorenzo, avevo promesso subito di aiutarlo. Mi dà un foglio che aveva preparato, con le sue generalità, e il suo indirizzo e telefono, a Milano e a Pontebba. Pontebba, un paese di montagna? Sì, ha voluto fare il marinaio per passione. Ora gli è passata.

Ho qualche amicizia al Comune di Milano. Ma non prometto a Lorenzo niente di sicuro. Gli prometto soltanto di occuparmene seriamente.

Per la licenza del taxi, era molto più difficile del previsto. La crociera finì ai primi di febbraio. Verso maggio o giugno succede che il nostro autista si sposa e entra in pianta all'Alfa Romeo. I nostri figli sono ancora ragazzi o bambini, abbiamo bisogno assoluto di un nuovo autista. Per il momento, mentre aspetta la licenza, ti propongo Lorenzo. Gli telefono. Lo rivedi, dopo qualche giorno dici di sì, lo assumiamo.

E adesso, prima di venire a parlarti di un argomento che non riguarda Lorenzo, ti dirò tutto di Lorenzo. Di questo tutto, molte cose le sai, naturalmente, ma alcune no, e ti dirò anche quelle: altrimenti, mi sembra quasi di non potere più vivere!

Che tristezza, però, quando siamo sbarcati dalla *Paolo Toscanelli*: appena disceso lo scalandrone, appena messo piede sul molo, mi sono voltato a guardarla, alta sopra di me fino a chiudere il cielo, e i momenti più ambigui e più inquietanti, la notte del Gobòi, la mattina ansiosa davanti all'uscio della nostra cabina, mi sono tornati a mente come i segni di una follia che mi aveva accecato.

Strano, assurdo, forse vergognoso: il rimorso del mio errore mi sembrava ancora confuso a un rimpianto.

11

Arrivati a Milano...

Il destino cambia cavalli, così diceva Byron. E noi come dovremmo dire? Il destino cambia aereo? No. L'analogia non funziona: oggi si fanno viaggi lunghissimi senza cambiare aereo, e al principio del secolo scorso si cambiava varie volte cavalli durante viaggi per noi brevissimi. Non importa: misteriosamente, l'antico modo di dire è più vero.

Il destino cambiava cavalli.

Arrivati a Milano, qualche mese dopo — ma era cosa decisa e desiderata da un anno — abbiamo traslocato da via Mercalli al rinnovato, grandissimo attico e superattico di via Marina, davanti agli antichi Giardini di Porta Venezia: davanti ai tigli «che già di calma eran cortesi e d'ombre» a Giuseppe Parini vecchio.

Ormai estate, le scuole stavano per finire, e abbiamo fatto il nostro ingresso in via Marina coi lavori dell'arredamento appena incominciati. Un guaio? Soluzione: una volta chiuse le scuole, Giacomo e Raffaello sono partiti per i loro due mesi di *total immersion* a Londra, mentre noi con i tre più piccoli e Miss Murphy — Nini, lo vedi che adesso mi sono ricordato il nome? — e con Lorenzo e la cuoca, siamo andati subito al mare. Ero riuscito a combinare tutto come impossibile meglio: i lavori sarebbero continuati in nostra assenza e ultimati a metà settembre, per la nostra rentrée.

Ventimiglia! La Contea di Ponente! La vecchia casa a picco tra la Roya e il mare! E Miss Murphy, Dio la benedica, che era di già con noi! Quanto a Lorenzo, rispondeva in pieno alle nostre aspettative: bravissimo cameriere come sapevamo, bravissimo autista come speravamo, ci sapeva fare magnificamente con i tre più piccoli come certo non avremmo osato pretendere.

Ricorderai, le prime settimane sono state, per noi due, soprattutto di riposo. Per me in particolare. Alla fine di agosto dovevo rimettermi in viaggio: prima Parigi, un grande ricevimento dai Padri Domenicani; poi Bruxelles Stoccolma Helsinki, un giro di conferenze non lungo ma faticoso, e proprio questa corvée universitaria mi obbligava a vacanze meno "sportive" di quelle che di solito preferivo.

Infatti, la scelta della nostra seconda casa si spiega con lo straordinario vantaggio che Ventimiglia ha su tutti gli altri luoghi di villeggiatura non troppo lontani da Milano: splendida riviera a soli trenta chilometri in linea d'aria dal Ghiacciaio del Clapier, dalle Cime del Gelas, dai Vesubi, alta montagna che si raggiunge in un'ora d'auto attraversando le intatte bellezze del retroterra parte italiano e parte francese!

In questa sublime enclave triangolare, Provenza Piemonte Liguria, vivono ancora la civiltà, il linguaggio, le architetture paleocristiane e gli insediamenti pastorali dell'antichissima Occitania, al centro dell'Europa. Da più di un secolo, con una serie di successivi trattati tutti ignobili, uomini politici francesi e italiani erano riusciti a imporre come confine un'assurda, stupida linea serpeggiante: la interrompono di continuo, a breve distanza l'una dall'altra, DOUANES e DOGANE. Ma, pro bono malum! Questa enorme cretinata, scoraggiando commercio consumismo e turismo, impedisce oggi delittuose mostruosità a troppi dei miei colleghi e favorisce la tranquilla vacanza di pochi umanisti che amano la natura e la storia. C'è forse bisogno che ti ricordi le nostre meravigliose passeggiate durante quella breve, deliziosa epoca quando i grandi erano ancora piccoli ma già abbastanza grandi da venire con noi?

Ah, la Valle della Roya e le sue spettacolose rocce rosse, i boschi immensi e selvaggi che coronano a est la dorsale tra il Nervia e la Roya, a ovest quella tra la Roya e il Bevera! E la Cima Longoira, e il Monte Grammond, e su, su, fino al Sospel, al Graziani, all'Ardouin, al Col du Turini!

Puoi dunque capire con che dolore, quando

Agostino e Filiberto hanno deciso di fare con Miss Murphy e Lorenzo la gita del Grammond — cioè un'escursione, e certo non una di quelle delle crociere, ma quasi, nell'ultimo tratto, un'ascensione — sono stato costretto a rinunciare. Dubitavo delle mie forze! Specialmente perché Miss Murphy... adesso mi ricordo che qualche volta la chiamavo Miss Whymper, saliva come una vera alpinista!... a nessun patto avrei accettato di restare in coda, dietro la nanny! E poi, quanti anni aveva allora Maria? Quattro, al massimo cinque... lo so, merito tuo, batteva già il crawl, ma per il Grammond era ancora troppo piccola, siamo rimasti con lei a Ventimiglia.

Morale, quando i quattro escursionisti sono tornati alle nove di sera bruciati dal sole, affamati, entusiasti, tu e io dopo avere messo a letto la bambina abbiamo ascoltato fino a mezzanotte i loro racconti. Lorenzo li aveva portati dalla Mortola a Carletti e a Villatella per quella stradina tutta tournants, tutta stretta tra mura. Infine, percorrendo con la macchina addirittura una mulattiera, era arrivato alle Granges de Saint Pancrace. Da lì, sono andati su a piedi, naturalmente. Ma con quale nostalgia ancora oggi li immagino! E tralascio la traversata del bosco intorno al Cogorde, tralascio l'arrampicata ultima al Grammond: l'avevamo fatta insieme, noi due soli, il primo anno che siamo venuti a Ventimiglia! Tralascio: il solo pensiero che oggi non sarei più in grado di attraversare quel bosco, di salire e ancora peggio di scendere anche soltanto per pochi metri, mi avvilisce, mi annienta, mi lascia disperato, è un pensiero che non sopporto, ecco!

Di quella estate, a ogni modo, ho un ricordo felice: con la sua serenità, tra le dolcezze della famiglia, mi pareva che avesse definitivamente cancellato, sprofondato per sempre nel tempo, l'inquieta, l'ingrata esperienza della nostra crociera invernale. E quando cominciò ad avvicinarsi il momento di partire per il mio giro di conferenze nel nord, pensai a lungo se non mi sarebbe stato possibile protrarre quel benessere che provavo, inventare qualche verosimile scusa per sottrarmi all'impegno e per eludere l'imminente futuro così come avevo eliso il recente passato. Conclusi, ahimè, che fingere una malattia sarebbe stato l'unico mezzo, e naturalmente lo scartai.

Ti ho detto addio la mattina del 30 agosto, all'aeroporto di Nizza dove mi avevi accompagnato. Ho la data precisa nella memoria perché... forse perché non è con il trasloco da via Mercalli a via Marina che il nostro destino aveva cambiato cavalli, ma proprio il giorno che ci siamo detti addio all'aeroporto di Nizza.

Quante volte, Nini, ci siamo detti addio! Quante volte ci siamo separati per giorni, settimane, anche mesi e poi, sempre, tranquillamente, ci siamo ritrovati, ci siamo riuniti senza mai passare attraverso un trauma, senza mai dubitare che le cose potessero andare diversamente.

E invece questa volta, soltanto questa volta... Insomma, quel 30 agosto resta per me una data memorabile. Perché? mi chiederai incuriosita. Abbi pazienza. Te lo dirò, o piuttosto lo saprai a poco a poco.

Era deciso, e del resto normale, che all'aeroporto di Nizza mi avrebbe accompagnato Lorenzo, il quale, finito di navigare pochi mesi prima, aveva ancora il passaporto in regola. Il take-off alle 10 di mattina, bisognava essere là alle 9, e quindi avevo messo la sveglia alle 5. Sei tu a svegliarmi, come sempre. Ma ti vedo già vestita.

«Vengo anch'io» mi dici.

«No, tu no» ti rispondo con una canzonetta dell'epoca, ma rido sorpreso che tu abbia rinunciato al tuo unico vizio: «e come mai vieni anche tu?»

«Non mi ascolti mai quando parlo. Te l'avrò detto almeno tre volte. Devo comprare a Nizza le Lacoste, quelle che hanno sono ridotte a stracci...»

Ma già! Ma certo! Le magliette Lacoste! Le sole canottiere in tutto il mondo degne dei nostri figli! Come avevo potuto dimenticarmene! E mentre passo nella stanza da bagno ti dico:

«Be', allora, per piacere avverti Lorenzo che questa mattina è libero».

«Neanche per sogno! Sei matto! Non ho

nessuna intenzione di guidare! È sabato, col traffico che c'è oggi nel centro di Nizza, come faccio senza l'autista per il parcheggio? Vuoi mica che prenda un taxi?»

«No, no!» già sotto la doccia grido anch'io. «Naturalmente no!»

E intanto tutte queste stupidaggini, senza che me ne accorgessi, si fissavano nella mia memoria incise nel marmo, la parete di marmo della stessa doccia.

Non ho dimenticato un solo istante del breve viaggio di quella mattina, un tragitto che avevamo già percorso, tu e io, insieme o soli, impossibile contare quante volte. Adesso, cioè sedici anni dopo, finalmente lo si fa tutto in autostrada, e ci si mette al massimo un'ora. Sedici anni prima ce ne volevano due e anche tre.

La dogana lungomare, al Ponte di San Ludovico. Subito a Menton, per fare più in fretta si deviava a destra: la Rue Saint Michel, invece della promenade George V. Poi le Corniches de la Riviera, e immediatamente la Moyenne, per evitare Montecarlo. Si arrivava a Èze, e dopo Èze al Plateau, e si entrava in Nizza dal quartiere Requier. La Place Garibaldi, la Rue François Guizot fino al porto. E al porto ci siamo fermati perché era ancora presto, e abbiamo preso un café-crème all'angolo del Quai Papacino con la Rue Caterina Segurana, l'eroina piemontese! Lì nel bar abbiamo trovato un vecchio prete. Mi fissava con strana attenzione: era piccolo, robusto, occhi verdi e intelligenti. Gli ho sorriso come per interrogarlo. E lui mi ha detto che guardava con desiderio il mio mezzo toscano che stavo fumando. Dice che malgrado la vicinanza con la frontiera ha qualche difficoltà a procurarseli. Gliene offro subito tre o quattro e lui mi ringrazia scusandosi e ridendo:

«C'est mon péché favori».

«Mon père!» rispondo. «Dans la vie chacun a son péché favori. Voyez ma femme, par exemple: elle aime tellement faire ses petits sommes le matin... Padre! Nella vita ciascuno ha il suo peccato favorito. Guardate mia moglie, per esempio: le piace talmente sonnecchiare la mattina, che oggi mi ha dato una grande prova d'amore, si è svegliata alle cinque per accompagnarmi all'aeroporto!»

E ti ricordi quello che, allora, ti ha detto il vecchio prete?

«Ma fille! Si votre péché favori n'est que ça, eh bien, vous vous en irez tout droit au Paradis! Figlia mia, se il vostro peccato favorito non è che questo, ebbene, voi ve ne andrete direttamente in Paradiso!» E, così dicendo, aveva levato la mano come per benedirti.

Sarebbe molto strano che tu non ti ricordassi, no?

Place Massena, la promenade des Anglais, le Pont Magnan, le Var, l'aeroporto.

Era una giornata di cristallo, limpida, e una leggera brezza quasi settembrina. Tu avevi una camicetta bianca, di voile, e un tailleur crema con una cintura bianca, di pelle. Mi hai fatto compagnia fino all'ultimo momento, poi sei andata di sopra in terrazza. Quando ho traversato la pista mi sono voltato e ti ho visto alla ringhiera. Ogni tre o quattro passi mi voltavo per rivederti e salutarti, così anche dalla scaletta e fino al momento di sparire, inghiottito, nell'aereo. Ti ho poi rivisto dall'oblò, tu non potevi vedermi però sei rimasta lassù e, pensando che io dovevo vederti, facevi larghi, lenti gesti di saluto fino a quando l'aereo si è mosso. Poi... Poi non so più niente. Arrivato a Orly, ho tentato di telefonarti ma tutte le cabine erano occupate.

Ho aspettato a lungo. Ma appena una si è liberata, guardo l'ora e rinuncio: mezzogiorno, non è possibile che tu sia già tornata a Ventimiglia, l'acquisto delle Lacoste ti avrà fatto perdere chissà quanto tempo.

Il mio taxi ci ha messo un'ora e mezza per portarmi al Plaza-Athénée, i Padri erano tutti lì, con un fantastico ondeggiare di sai intorno a me, con un calore vivo e protettivo, bianco e nero: tonache di un bianco appena appannato come in una lievissima chantilly, e cappe di un nero così soffice che sfugge alle pieghe o le annulla. Tutti lì, con le loro parole affettuose e ancora più con la musica inebriante e autoinebriante della *langue française*. Mi scuso e corro al telefono.

Parlo con la nanny. Non ci sei, non sei ancora arrivata. Ma avevi telefonato. E nemmeno da Nizza, da un alberghetto di Pont Magnan, a metà strada tra l'aeroporto e Nizza. Un incidente? No, un guasto stupidissimo, è saltata la cinghia di trasmissione. Tutte le officine sono chiuse, l'heure du déjeuner è sacra. Fino alle tre non riaprono. D'altra parte, il magazin delle Lacoste non riapre che alle quattro. Dunque arriverai, se tutto va bene, verso le sei o le sette di sera. Che cosa penso?

Niente, penso.

Dico a Miss Murphy che, per sicurezza, richiamerò soltanto alle otto.

C'eri. Mi hai detto subito che eri stanchissima, esasperata, morta dalla noia, e andavi a letto senza nemmeno cenare. Ma la tua voce era fresca, vibrante, fisicamente allegra. Ti ho augurato buonanotte, e sono salito su in camera, a fare un bagno, e a cambiarmi.

Il pranzo avrebbe dovuto avere luogo in campagna, dove ormai erano costruite la chiesa e la casa di riposo progettate da me: ma bisognava allontanarsi troppo da Parigi e in ogni modo non erano ancora pronti i servizi e le cucine. Così il pranzo, che era in mio onore, fu al centro di Parigi, Rue du Faubourg St. Honoré, nel refettorio del convento attiguo all'Annonciation. Almeno cinquanta invitati. E io dovevo fare un discorsino in francese. Non ricordo se te ne ho parlato qualche volta oppure no. Ma probabilmente no, era un argomento che con te non ho mai toccato, da allora a adesso. Dovevo parlare in risposta a un toast, alla fine del pranzo, insomma era il clou della serata. A capotavola il più grande teologo del mondo, ossia *le R.P. Reginald Garrigou-Lagrange*, vecchio amico di mia madre e che mi conosceva da quando ero ragazzo. Alla sua sinistra io. E alla sua destra Corbusier, Corbu, mio vecchio amico e maestro, e in quell'occasione toast-master! Non mi ero preparato. In quel giorno non ho pensato a niente. Figurati se pensavo al toast. Ma, era fatale, la lingua batte dove il dente duole... No, stai tranquilla, non ho detto una parola su di te! Niente, però, significava un vuoto, e quel vuoto eri tu.

Ho cominciato il mio discorsino raccontando minutamente l'incontro col vecchio prete a Nizza. Senza accennare nemmeno alla possibilità della tua presenza. E quando sono arrivato alla frase chiave, *mon péché favori*, ho attaccato:

« E che cos'è, amici e colleghi, il nostro peccato favorito, di noi tutti? È l'architettura! » E giù, allora, per almeno venti minuti, a elencare i casi, uno dopo l'altro, in cui, per gli architetti del mondo intero, l'architettura può diventare un peccato: « Un peccato però che dobbiamo evitare e, quando lo commettiamo come troppo sovente accade, dobbiamo provarne rimorso, pentircene, ecc. ecc. ». Applausi a non finire, grandissimo successo. Peccato che non c'eri, Nini mia. Ma tu, intanto, eri — forse — nel peccato.

Il giorno dopo, tuttavia, ti ho telefonato come sempre due volte, alle solite ore: la mattina non tanto presto, e la sera prima di coricarmi. Come se nulla fosse accaduto, ho continuato così da Parigi, poi da Bruxelles, poi da Stoccolma, poi da Helsinki. E che cos'era accaduto, in sostanza? Forse nulla, appunto. Ma io non sapevo, non potevo sapere, quindi cercavo di non pensarci, e ormai, quasi sempre, riuscivo a non pensarci.

Fu così fino alla fine del mio viaggio.

12

Sono tornato a metà settembre, eravate ancora a Ventimiglia. Ho volato da Helsinki a Francoforte, e con un altro aereo da Francoforte a Nizza. Come d'accordo per telefono, sei venuta a prendermi in macchina, guidavi tu, ma avevi portato con te Agostino e Filiberto, e questa era una bella sorpresa, una grande gioia per me. Senonché, appena in strada, mi viene il sospetto che tu sia venuta con i ragazzi per non trovarti sola con me durante il non breve tragitto. Lì per lì questo sospetto mi pare assurdo. Ma poco dopo capisco che, al contrario, è giustificato. Le domande e le risposte, i racconti del mio viaggio e i racconti della vostra villeggiatura — quella animata, fitta conversazione che sempre si intrecciava quando ci ritrovavamo insieme dopo qualche tempo — oggi si svolge soltanto tra me e i ragazzi. Tu eri stranamente taciturna, come annoiata o seccata. Al telefono, la sera prima, sembravi normalissima, su di giri, contenta del mio ritorno: ora, invece, tutta assorta, tutta presa dalla guida.

Intervenivi nel nostro dialogo solo di tanto in tanto, e laconica il più possibile, con un sì, un no, un oh, una risatina, un sospiretto, un corto mugolìo. Chiaro che eri distratta, qualche volta nemmeno ascoltavi quello che dicevamo. Durante la notte doveva essere accaduto qualcosa: qualcosa di sgradevole e che ti preoccupava. Sei stata attenta alle nostre chiacchiere soltanto quando i ragazzi hanno incominciato a parlare della visita improvvisa di Mattioli.

Grande amico nostro, e soprattutto grande uomo, che tu avevi sempre ammirato e amato, così come lo ammiravo e amavo io. Andava a Montecarlo per divertimento o per affari della Banca: pour lui c'était la même chose. «Quando prendi le ferie?» gli domandai una volta stupidamente. «Ma io sono sempre in ferie, ragazzo mio» rispose, e arrossii di vergogna. Mattioli non sapeva del mio viaggio al nord e, andando a Montecarlo, si era fermato da noi, persuaso di trovarmi.

Ora, appena i ragazzi si sono messi a parlare di Mattioli,

«Uff!» ti è sfuggito.

«Come uff? Spero che sarai stata gentile con lui!»

«Ma si capisce, gli ho offerto il tè coi pasticcini, erano le cinque e mezza del pomeriggio. Gentilissima, sono stata, e felicissima di vederlo, tutto quanto!»

«E allora perché uff?»

«Ma perché è noioso, ecco!»

«È la prima volta che sento dire una cosa simile di Mattioli! Ma se è l'uomo più intelligente e più divertente del mondo!»

«Va bene, sì, sì! Ma per me è un noioso lo stesso. Poteva avvertire. Mi è seccato che trovasse la casa un po' in disordine... ecco tutto. Hai ragione, hai ragione, ma non facciamola lunga!»

E allora sono stato zitto.

Del resto, arrivando a casa, mi è bastato vedere la faccia di Lorenzo, per capire che la causa del tuo malumore era lui. Ma io ti conosco, Nini mia, tu sei bravissima a dire bugie, sei campione mondiale delle bugie. Inventare di colpo qualunque storia o storiella, anche fatti enormi, incredibili, impossibili... ebbene, riesci sempre, sul momento, a farti credere da tutti, e questo ti riempie di gioia, ci giochi, ci sguazzi. In compenso, sei assolutamente incapace di fingere un sentimento che non provi. La bugia ti diverte da matta. L'ipocrisia ti annoia a morte.

Dunque sei stata incapace di nascondere che, per un motivo o per l'altro, ce l'avevi con Lorenzo. Appena solo con te, mi sono informato. E tu, sincera, mi hai detto che Lorenzo, purtroppo, non andava più bene. Durante la mia assenza, a poco a poco, era cambiato: cambiato dal giorno alla notte. Lento, pigro, sgarbato, insofferente.

«Non ti ho mai detto niente per telefono? Perché avrei dovuto preoccuparti a proposito di

Lorenzo? Tra me pensavo: Lorenzo avrà le sue cose, come le donne, e da un momento all'altro gli passeranno. Guarda, se vuoi sapere tutto: ero sicura che, per il tuo arrivo, le sue cose gli sarebbero passate. Invece no. Anzi.»

«Eh, l'ho visto» mi sono limitato a osservare. E tu, a conclusione, mi hai spiegato tranquilla che avevi deciso, per quei tre o quattro giorni che si restava a Ventimiglia, di non dirgli niente, di continuare a subire: anche perché avevamo bisogno di lui per mettere a posto la casa prima di chiuderla, e poi per il viaggio che facevamo, al solito, con due macchine. Ma avevi anche deciso, una volta a Milano, di liquidarlo con tutte le norme di legge, e inoltre con un po' di regalìa: «Così, a Milano lui va da quei suoi parenti, tu continuerai a aiutarlo per la licenza del taxi, riuscirai a fargliela avere, e non se ne parla più».

Ti ho detto che non ero d'accordo. Pensavo, una volta a Milano, di provarlo ancora per una settimana o due. Poteva darsi che, vivendo in città — era chiaro che gli piaceva la città — tornasse come prima.

Non ti ho convinto.

«Va bene,» ti ho detto allora «solo che a Milano, prima di licenziarlo, è meglio aspettare... aspettare di avere trovato un altro chauffeur.»

«Come vuoi, ma trovandolo presto. Telefona subito, di qui, ai tuoi scagnozzi. Che si diano da fare!»

Il contegno di Lorenzo, in quegli ultimi giorni al mare, non corrispondeva ai tuoi lamenti. Mentre serviva a tavola, lo guardavo con attenzione, lo spiavo. Era cambiato, sì. Ma non come dicevi tu. Rispettoso, servizievole, pronto, tutto come prima: unica cosa era serio, anzi triste. Niente altro. Certo, aveva capito la tua ferma intenzione.

Sei sempre la persona più imprevedibile e più impaziente che conosco.

Due giorni dopo il nostro rientro a Milano, non avevo ancora visto neanche uno dei candidati alla sostituzione. Tra tutti quelli interrogati dal mio Colnaghi — il più bravo di quegli assistenti che ti ostini, per farmi dispetto, a chiamare scagnozzi — non ce n'era nessuno che andava bene. Torno a casa verso l'una per colazione. Mi viene incontro nel buio dell'anticamera Lorenzo. Mi aspettava. Sto per accendere la luce, non lo faccio perché mi accorgo che lui è quasi in lacrime.

«Me ne vado, signor professore. La signora mi ha licenziato.»

Rimasi in silenzio per un momento.

«Mi rincresce, Lorenzo. Ma che cosa ci vuoi fare? Tutto a posto per la liquidazione?»

«Sì, tutto a posto. La signora aveva preparato tutto. Anche di più. L'ho ringraziata. Naturalmente ringrazio anche lei, signor professore.»

Ci siamo stretti la mano. Prende due valigie

che erano in un angolo. Vado a aprirgli la porta di casa. Lui posa le valigie, mi stringe la mano di nuovo. Se ne va.

Sei tu che mi vieni incontro adesso, nel buio dell'anticamera:

«Finito?» mi dici quasi sorridente.

«Finito, sì» rispondo proprio senza sorridere. «Non sono contento. Ma, dopo tutto, meglio così.»

«Meglio così certamente. Vieni, abbiamo delle ostriche di Ille-et-Vilaine. Sono andata a prenderle da Claudio. Qui, da via Marina fino a Claudio, ci si va in dieci minuti.»

Ti ho risposto che eri un angelo.

Vuole il destino, sempre il destino! che quello stesso pomeriggio, al funerale del povero Ghiozzi, chi mi viene vicino? Si era messo al mio fianco a metà del corteo, e io soltanto dopo qualche passo ho visto che era Mattioli.

Il funerale, attraverso le vie del centro, è stato abbastanza lungo perché, a un certo momento, come sempre accade, quelli che non erano subito dietro il feretro cominciassero a scambiarsi qualche parola sottovoce.

Mormoro a Mattioli del mio dispiacere, quando lui era venuto a Ventimiglia...

«Anche a me è dispiaciuto che tu non c'eri. Però sono stato contento. La bambina, si chiama Maria, no? era la prima volta che la vedevo, è stupenda! E i due maschietti... gli altri due sono in Inghilterra, mi ha detto la Nini... be' questi due qui, li ho trovati cresciuti bene, belli, sani, forti, e perfino bene educati.»

Gli domando come avesse trovato te. E lui, con la sua mezza voce pacata e ironica:

«Mah... benissimo anche tua moglie, credo. Eri piuttosto tu, caro mio, che forse non avrei trovato tanto bene... se ti avessi trovato».

Un po' stupito (chissà che cosa Mattioli mi tira fuori?) sorrido lievemente:

«Sono abituato ai tuoi enigmi. Vuoi aiutarmi a sciogliere questo, come mi hai sempre aiutato a scioglierne altri?»

«Sì, ma soltanto per darti la prima spintarella. La soluzione sarà meglio, meglio per te stesso, che tu te la trovi da solo. Stai attento, Vittorio. Quando si incomincia a tollerare certe situazioni, poi diventa un'abitudine che è difficile liberarsene...»

Avevo capito. Mi bastava. Ho riflettuto un istante e poi:

«Ti ringrazio con tutto il cuore. Ma, per me, puoi stare tranquillo», così gli ho detto.

La folgore di Mattioli mi aveva avvertito quando ormai ero quasi in salvo.

Non è che abbia dormito male, quella notte. Ho dormito molto poco. Mi sono svegliato verso le quattro. Tenevo gli occhi aperti nella semioscurità. Tu riposavi come un angelo. Ti avevo detto «angelo», appunto, ieri mattina. Adesso la tua silhouette riversa, a pancia sotto, un po' appiattita e esattamente riquadrata nella metà destra del letto, faceva pensare a una predella arcaica e rettangolare, il bassorilievo di una tedofora slanciata nella sua corsa atletica. E la tua mano destra, sbucando da sotto il cuscino, era dolcemente incurvata e socchiusa, come se un momento prima ne avessero sfilato la teda, la face. Dove correvi, amore mio, nel tuo sogno? Non inseguivi nessuno. Filavi regolare, tranquilla della vittoria, verso una meta sportiva. Certo non ricordavi, e dunque non avresti mai potuto dirmi in qual modo Mattioli aveva scoperto, aveva indovinato che c'era qualcosa tra te e Lorenzo. E in quei medesimi istanti, mentre ammiravo la tua figura che biancheggiando immobile nel buio continuava a suggerire una corsa, io avevo giurato a me stesso che non avrei mai, nella mia vita, indagato. Non avrei mai voluto, da te, un racconto. Non me ne importava niente, di sapere da te né da altri come era successo, ma soltanto, e soltanto da te, che, sì, era successo. Ecco perché mi ero svegliato alle quattro.

Al piano di sopra in via Marina, c'era un superattico destinato a accogliere il mio nuovo studio, ma nei lavori di ristrutturazione avevo dato precedenza al nostro alloggio. Per qualche settimana il mio studio era ancora a via Mercalli, e purtroppo avevo lasciato là un certo taccuino di indirizzi. Raccolgo quasi al tasto la mia roba comprese calze e scarpe, e attento a evitare il minimo rumore che possa svegliarti, scivolo fino in anticamera. Mi vesto, sono pronto, esco. Claudio, qui, è vicino? Ancora più San Babila, e i taxi.

Arrivo a via Mercalli, tengo il taxi, vado su, mi precipito a cercare il taccuino. Non lo trovo subito, finalmente lo trovo. Allora, doccia. Poi caffè, perché fuori i Caffè devono ancora essere chiusi. Mentre aspetto che la moka bolla, scorro le scombinate topografie del Savallo-Fontana, e vedo che il 152 di via Ripamonti è quasi all'altezza della Roggia Vettabbia, insomma a casa del diavolo. Per fortuna Ripamonti, la più lunga via di Milano, è tutta quanta diritta.

Fa chiaro da poco. Camion su camion in senso contrario al nostro. Niente altro. Siamo al 152 perfino prima di quello, forse, che avrei voluto. Povero ragazzo! Gli arrivavo addosso all'ora brutale in cui si arrestano i pregiudicati! Vero, penso senza uscire dal taxi fermo davanti al 152, vero che potrebbe anche alzarsi a quest'ora se va in giro a cercare lavoro: e io non posso correre il rischio di non trovarlo.

Scendo dal taxi, guardo la casa. Il portoncino verde stinto, alto su due gradini di pietra, è semiaperto: qualcuno è uscito senza chiuderlo, oppure non lo si chiude mai. Mio padre e mio nonno facevano il mio stesso mestiere: una casa che vedo per la prima volta e in cui sto per entrare, la guardo d'istinto come tutti quelli che non sono architetti guardano la faccia e l'abbigliamento di una persona ignota.

Il 152 di Ripamonti precede di un portone il 154, che è all'angolo di via Solaroli, una via storta, sporca, strana. E sono case a soli tre o quattro piani, non recenti, che non risalgono neppure al secondo ventennio, tra le due guerre, ma più addietro, alla fine dell'Ottocento o ai primi del Novecento, quando si costruirono, al di là della periferia della Milano di quel tempo, alcune piccole frazioni di casucce senza sapere se appartenevano ancora alla campagna o già alla città. Non antiche dunque, soltanto vecchie: nessuna manutenzione, intonaci scalcinati, qualche crepa, e forse, nell'interno degli alloggi, i fili elettrici appiccicati alle pareti con le piattine.

Non avevo mai chiesto a Lorenzo quale fosse l'occupazione dei suoi zii o parenti. Probabilmente quel domicilio in Ripamonti significava una sistemazione provvisoria, un ripiego nell'attesa di un appartamento che il Comune aveva assegnato in qualche nuovo condominio operaio. E certo questa diagnosi, che avevo fatto con un'occhiata, non mi incoraggiava: aumentava la mia incertezza, direi quasi il mio rimorso, in ogni caso quella pietà che non è mai buona consigliera, anche se giusta.

Entrai, salii adagio una scala di pietra, stretta tra mura, mancorrenti di ferro. Ai pianerottoli, e a qualcuna delle porte, neanche a tutte, nomi scritti a mano su cartoncini. Sapevo naturalmente il cognome di Lorenzo, ma quello dei parenti me lo aveva detto una sola volta, me ne ero dimenticato.

Secondo piano. A una delle tre porte, il nome era Filipputti. Friulano. Mi batteva il cuore: molto probabilmente era qui. C'era un campanello. Suonai. Troppo forte, per il mio gusto!

Una voce, una voce incerta:

«Chi è?»

La sua voce. Simpatica, così simpatica che subito:

«Lorenzo, sono io!» avevo risposto. «Sono Franzi. Scusami se vengo a quest'ora!»

Apre. Era pronto per uscire. Il suo volto fine, pallido e scavato, il suo guardo non seccato, e nemmeno sorpreso, ma sorridente e intelligente come sempre nonostante tutto ciò che poteva essere successo, mi dettero l'assoluta certezza che la mia visita improvvisa, senza telefonare prima, non era stata uno sbaglio: avevo davanti un galantuomo, uno di vecchia famiglia montanara. Appunto come, del resto, sapevo.

«Mi scusi se la faccio passare qui, ma non voglio svegliare i miei zii, questa è la stanza più lontana...»

La cucina. In ordine, pulitissima. Una porta finestra aperta, un poggiolo con ringhiera di ferro. E un cortile sorprendente: vasto e alberato, alti platani, foglie già screziate del giallo autunnale. Tutto questo accadeva più di quindici anni fa, adesso figuriamoci, li avranno tagliati.

«Si accomodi, signor professore.»

Ringraziai, rimasi in piedi.

Mi sembrava di vederlo per la prima volta. Non lo avevo mai guardato bene: il volto di Lorenzo aveva qualcosa di doloroso e di forte, indipendentemente dal suo stato d'animo adesso. Lo aveva anche prima, anche sulla nave, quando serviva a tavola svelto e sorridente! E già allora sarei stato in grado di capirlo, se avessi osservato con una certa attenzione quel naso affilato, quello sguardo diritto e patetico! Avrei colto, già allora, la sua espressione così umile ma allo stesso tempo così sicura di sé: come chiusa e determinata a non tradire mai le proprie idee.

Rimasi in piedi:

«Lorenzo, mi ha fatto molto dispiacere che tu te ne sia andato. Lo so, è stata la signora a licenziarti...»

«No, signor professore, non è proprio così. Sono stato io a volermene andare. Sono stato io a dirglielo alla signora.»

«Sei stato tu? Ma perché? Ho sempre creduto... fino a quando non sono tornato dal mio viaggio... avevo sempre creduto che tu eri contento di stare in casa mia.»

«Sì, sì, è così, sono sempre stato contento... per lei, per i ragazzi, per la piccola Maria... Ma ormai, ormai era impossibile, mi creda! Non era più una vita!»

«Che cosa era impossibile?»

Ma lui singhiozzava, non riusciva a trattenersi, scoppiò in lacrime.

Tacqui, guardandolo ancora per un momento. Poi feci qualche passo verso la porta finestra e mi fermai a contemplare i platani.

Sentii che si ricomponeva. Aspettai, senza capire, e senza sforzarmi di capire.

Finalmente la sua voce:

«La verità... la verità...»

Mi voltai. Aveva gli occhi bassi, e di nuovo tra le lacrime mormorò:

«La verità è che non era più possibile continuare. Mi trattava male... tutti i giorni sempre peggio... negli ultimi tempi poi, niente di quello che facevo le andava bene. Non smetteva mai di rimproverarmi. Non poteva che finire così. Sono stato io a dirglielo, che mi lasciasse andare... In principio era diverso... Quella volta che lei è partito e l'abbiamo accompagnata all'aeroporto... poi siamo passati dal centro di Nizza, a fare la commissione per le magliette... e poi la signora mi ha detto di condurla in montagna, la stessa gita che avevo fatto coi ragazzi e la governante... la mulattiera, fino al bosco...» Vidi che esitava. Guardò da una parte, e abbassando la voce ancora di più, ma con una sommessa, umile fierezza, continuò: «... insomma, signor professore, bisogna che glielo dica... la signora, con me, si è lasciata. Era felice, sa? diceva: "Da quanto tempo ho desiderato questo momento, da quanto!"... Era felice, felice...»

Per un attimo, un solo attimo, quasi gli chiedevo se, invece, la prima volta non fosse stata in cabina, a bordo della *Toscanelli.* Ma la sua espressione commossa, schietta, spontanea sembrava escluderlo. Lorenzo non era un furbo, non sarebbe mai stato capace di calcolare sottigliezze del genere e di fingere. Perciò dissi soltanto:

«Va bene, Lorenzo. Basta. Ricordati, però, di mandare avanti regolarmente la tua pratica, hai il mio numero di telefono allo studio. Chiedi sempre non di me, ma dell'ingegner Colnaghi, è informato della tua pratica. Tra una settimana, in ogni caso, telefonagli e fatti dare il numero del mio nuovo studio. E stai tranquillo, avrai il taxi, te l'ho promesso. Ciao».

Mi ringraziò ancora una volta, brevemente, e mi accompagnò alla porta.

Ormai, col traffico in tutta via Ripamonti, la traversata di mezza Milano è stata un po' più lunga. Ma quando siamo arrivati a Porta Vigentina, avevo già deciso.

13

Le settimane, i giorni, le notti, le ore, i minuti più sgradevoli della mia vita sono cominciati allora, Nini mia! Quanto tempo, in tutto? Tre, quattro mesi? Non so, non saprei dire. So soltanto che ho tenuto duro nella mia ostinazione fino alla fine.

Quella mattina, naturalmente, ti eri poi accorta che ero uscito prestissimo. Ma non hai mai saputo il vero motivo. Forse non ti sei neanche preoccupata di saperlo. Forse hai creduto senz'altro alla spiegazione che ti avevo dato en passant, all'una, a colazione: cioè che ero andato in via Mercalli, a rivedere il progetto delle nuove filiali della Commerciale, che Colnaghi doveva fotocopiare subito. Del resto, era capitato altre volte, ogni tanto mi capitava, di alzarmi presto mentre tu dormivi senza accorgerti di niente. Per progettare, ci vuole la notte. Ma per rivedere e licenziare un progetto, è molto meglio il silenzio, la freschezza, la lucidità delle cinque fino alle sette di mattina.

Ah! Ma questa volta, il progetto che mi interessava era un progetto privato, destinato a me solo, inarticolato, senza commi, senza codicilli, e senza nemmeno uno scopo di cui avessi coscienza. Al punto che non mi preoccupavo di come e quando parlartene. Non si trattava di chiacchierare, soltanto di agire: anzi, di non agire. Bastava che, a letto, al buio, non ti cercassi più, non allungassi più la mano a carezzarti. Sì, perché dalla lontanissima sera di Padova — in albergo, tu eri ragazza, una ragazzina — da quella volta, a *cominciare* ero sempre stato io. Ero stato sempre io fino a quando, diciotto o diciannove ore dopo avere suonato il campanello di casa Filipputti, mi sono coricato al tuo fianco nel nostro letto di Milano. Da quel momento in poi, per molte notti, andò così: avevo preso l'abitudine di *non cominciare*, di non allungare più la mano. E devo dirti che, stranamente, non ci pensavo nemmeno: non era necessario che mi ricordassi della mia decisione. Fu subito, fino dalla prima notte, qualcosa di naturale, come un riflesso condizionato, fisiologico: non avevo più nessuna voglia di fare all'amore. Devo anche aggiungere, per sincerità, che non avevo nessuna voglia di fare all'amore in generale, cioè neppure con altre donne. Io che, purtroppo, ti ho sempre tradito tutta la mia vita, ebbene: durante quel periodo, diciamo, delle "sanzioni", non ho fatto l'amore con te, e non l'ho fatto mai. E non era un calcolo. Era un istinto animalesco. Sarebbe stato troppo semplice, altrimenti! Come se, facendo all'amore con altre, perdessi tutto il gusto che provavo *a non farlo* con te. Non era soltanto la decisione di via Ripamonti, non era soltanto una giusta vendetta, un modo di castigarti, punirti, condannarti, farti capire il tuo errore. Era anche, per me, una profonda, misteriosa, dura voluttà. A che cosa tendevano le sanzioni, quella mia protesta di caparbia castità? A niente. Ho detto: istinto animalesco. Semplicemente, *non volevo.* E quando, dopo qualche notte, tu hai incominciato a allungare la mano, a accarezzarmi per prima, io mi voltavo bruscamente e distrattamente dall'altra parte, come un cane che ha mangiato troppo e vuole soltanto dormire.

Dormivo davvero. Mi risvegliavo, però, nel cuore della notte. Accendevo la lampada del comodino, vedevo che dormivi, spegnevo, e allora, a lungo, restavo sveglio. Ricapitolavo tutti i tuoi tradimenti: in grande maggioranza appartenevano, per fortuna, a quel periodo che abbiamo vissuto insieme prima di sposarci, e prima di avere figli. Il camiciaio di via della Spiga, come si chiamava già? Bernardi. Quel fabbricante di biciclette? Pellegrini. E quello là, quello alto, bruno, prestante, che faceva la bella vita perché figlio unico di un miliardario? Tommasino Sampieri. Era saltato fuori quando, un anno prima di sposarci, abbiamo affittato il piccolo appartamento di via Conservatorio e incontravo quel tipo per le scale perché andava a trovare — così si diceva — la sua amica che stava al piano di sopra, una famosa cantante.

Quel tipo, Tommasino, incontrandomi per le scale tutte le volte mi salutava con esagerati sorrisi. Poi ho saputo che veniva abitualmente da noi quando io ero assente da Milano: dalla cantante ci andava soltanto come una conoscenza o addirittura per eludere i miei sospetti. E allora ho capito la impune, vigliacca offesa del sorriso con cui mi salutava dicendosi: "Ma guarda un po' questo becco!..." Naturalmente, in casi del genere, non ti avevo mai sorpreso mentre facevi l'amore: sono rimasto ogni volta con forti sospetti, mai con una prova, e tu hai sempre negato, negato tutto. Infine, qualche torto me lo devi avere fatto anche dopo la nascita dei figli: ma raro, e i miei sospetti, allora, sono stati più incerti. Tutti e cinque i nostri figli, penso che siano miei. Mi assomigliano. Ma tu, tu, eri capace di qualunque cosa, anche se mi hai sempre voluto bene.

Intanto, nello stesso periodo delle sanzioni, a poco a poco, riflettendo notte dopo notte a tanti, a tutti, anche ai minimi, ai più labili e meno giustificati momenti di gelosia che eri stata così maliziosa e così accorta di farmi soffrire, mi era balenata un'idea. Forse la mia istintiva astinenza poteva avere uno scopo, anche se non me lo ero mai proposto. Ecco, forse dovevi soltanto dirmi un sì.

Certo, quanti ”sì” avrei avuto da dirti io! Tu, infatti, mi avevi accusato una quantità di volte: non avevi mai perso l'occasione per dimostrarmi che sapevi delle mie infedeltà. Ma, e di questo ti sono sempre stato grato, non mi hai mai messo con le spalle al muro per ottenere da me una confessione categorica come quella che adesso, forse, io esigevo da te. Mi avevi mandato all'ospedale, mi avevi rotto sulla testa un fiasco di Chianti: ma, appunto, quell'occasione non era vera, era simbolica. Ti sono grato anche di questo. Tu, d'istinto, sei sempre stata contraria al femminismo. Tu credi, contro tutte le femministe del mondo, che i rapporti sessuali siano molto importanti per la donna, e un po' meno per l'uomo. L'uomo è un *corpo veloce*, diceva Giacomo Noventa. La donna trattiene e cresce in se stessa il seme della vita per nove mesi.

Finché, una notte, dopo che, una volta ancora, avevi allungato la mano per carezzarmi e io, come sempre ormai, mi ero voltato dall'altra parte, tu, di colpo, mi hai detto furiosa:

«Divorziamo, allora! Perché non divorziamo?»

Ti ricordi come ti ho risposto? Non penso che tu l'abbia dimenticato. Ti ho risposto che, secondo me, era impossibile divorziare per il semplice fatto che avevamo cinque figli, ai quali volevamo, sia tu sia io, un bene immenso. Oggi ti dico qualcosa di più. Il matrimonio, secondo me, è indissolubile: ma soltanto il *vero* matrimonio è indissolubile, e il vero matrimonio non coincide sempre con il matrimonio religioso o con il matrimonio civile. Il vero matrimonio è un fenomeno personale e quasi fisiologico, che riguarda esclusivamente due persone ciascuna delle quali crede di poter amare per la vita e per la morte soltanto l'altra. La legge, le leggi, il sacramento, le cerimonie, non c'entrano. Si tratta del nostro intimo, di una inclinazione naturale che noi abbiamo in noi stessi, chiusa e incrollabile. Non sacra, non magica, non giuridica. Sappiamo che molte specie di animali seguono per istinto questa norma: le coppie finché vivono non si separano mai.

No, quella notte quando ti avevo detto che non avremmo mai divorziato, non ti parlai del matrimonio indissolubile, è una verità che ho scoperto negli ultimi giorni, qui a Chicago, riflettendo su una triste notizia che mi è giunta dall'Italia. Quella notte a Milano ti avevo parlato solo dei figli. Poi, ti ho supplicato di scusarmi, ero stanco, volevo dormire. Tu, al tuo solito, mi hai insultato. Io ho riso amaramente:

« Abbi pazienza, lasciami dormire, poi ti dirò, ti spiegherò. Poi... un'altra volta... un'altra volta ».

14

Da quanto tempo non facevo all'amore con te né con altre donne? Ma ero calmo, ironico, distaccato. Mi dicevo che, in fondo, avremmo potuto andare avanti così tutta la vita. *Avremmo*: perché non pensavo a te, o addirittura pensavo che una donna con cinque figli può anche "darci un taglio". Dopo tutto, mi dicevo, esistono ancora monache e frati, e non tutte né tutti necessariamente boccaccevoli. Lasciamo stare le Sante e i Santi, non mettiamo nel conto il peso del voto religioso: certamente esistono esseri normali di ambo i sessi (ne ho conosciuti più d'uno) i quali, niente affatto impotenti e niente affatto Santi, per un motivo o per l'altro, per dedicarsi interamente a un genitore o a una padrona benefattrice, per altruismo o egoismo, per coraggio o paura, per semplice buonsenso o leggera follia, hanno rinunciato a ogni attività sessuale, magari fanno molto sport, indulgono alle cure Kneipp, e insomma vivono benissimo. Così almeno io credevo e credo ancora che sia possibile.

D'altra parte, i tuoi tentativi notturni erano via via più rari. Sapendoti in difetto — non potevi non saperti in difetto — a tutta prima avevi creduto di "dovermi" quelle timide, striscianti, sfioranti avances. Ma poi, presto, più restavo insensibile, più il tuo profondo orgoglio femminile soffriva a prender iniziative: infine, te le proibì.

E allora... allora, non so come accadde, eppure accadde. Lentissimamente, senza dare luogo a sintomi, come all'inizio della guarigione di certe malattie misteriose, qualcosa dentro di me stava forse cambiando.

Cominciavo a sentire, di tanto in tanto, un gusto amaro in bocca, come quando, dopo un'offerta di lavoro accettata senza molto entusiasmo, l'impresa procede con qualche difficoltà e si ha il presentimento che andrà a finire male. Due o tre volte era capitato anche a me di fare questa esperienza.

Era il sapore foriero di una possibile sconfitta. Era un pericolo che ormai, svegliandomi la mattina, o entrando in ufficio, o tornando a casa per colazione e rivedendo la tua faccia, mi pareva imminente. E se tu, adesso, tiravi fuori non il divorzio, ma una separazione legale? E se io, ostinandomi, continuando così, lasciando passare troppo tempo tra te e me in questa condizione, correvo il rischio di non ricuperare mai più il mio equilibrio, il piacere di disegnare, lavorare, essere me stesso?

Ormai avevo traslocato lo studio da via

Mercalli al superattico di via Marina. Una strana tristezza mi sorprendeva nel tardo pomeriggio, verso quelle sere di novembre o dicembre. Rimasto solo, uscivo mezz'ora dopo lo stesso Colnaghi, procedevo alle complicate operazioni della chiusura, e invece di scendere al piano di sotto andavo giù con l'ascensore fino a terreno, e per prendere una boccata d'aria facevo quattro passi nelle luci notturne, sotto i tigli del Parini che perdevano le loro ultime foglie. Incominciai allora, per la prima volta dall'inizio delle "sanzioni", a temere il ritorno di una vecchia abitudine, da cui credevo di essermi provvisoriamente liberato: se fossi andato a puttane?

Oppure se, in questo periodo, mi avesse telefonato un'amica alla quale non avevo mai detto di no? E se lei, telefonandomi, mi avesse detto che era di passaggio a Milano? Nel superattico del nuovo studio c'era una stanza di riposo con bagno attiguo. Certamente non l'avrei fatta venire lì, saremmo andati al Gallia. Ma pregai — pregai chi? il Signore? il Destino? non lo so, ma fa lo stesso — pregai che la mia amica non capitasse proprio allora a Milano: perché probabilmente non sarei stato capace di resistere.

E sarebbe stata la fine! Forse ti avrei perduta, Nini. Forse mi sarei perduto. Chi può dire?

Ma non devi, Nini, pensare una cosa sbagliata. In tutto quel periodo la mia amica non è capitata a Milano, e io non l'ho mai cercata dove sapevo di trovarla. Ma anche se fosse venuta, e anche se io avessi ceduto all'abitudine, ebbene avrei ceduto non perché pensavo che tu eri stata "felice, felice" con Lorenzo: niente di più lontano da me, non era nella mia natura credere di avere il *diritto* di vendicarmi. Assolutamente no. Avrei visto la mia amica e avrei fatto all'amore con lei soltanto perché ne avevo voglia. E anzi, la verità — anche se tu non mi credi — sta proprio nel contrario: ciò che, in ogni caso, mi avrebbe dato la forza di dire no alla mia amica era appunto il ricordo di te con Lorenzo. Hai capito?

Ma tu ridi, Nini, ti vedo ridere di qui, come se questo aggeggio nero che ho davanti e verso cui parlo fosse un videocitofono. Alzi le spalle e ridi.

Ridi, perché non hai capito, perché non puoi, non potrai mai capire. O no? Una cosa sola sapevo — una cosa che, da quando ho deciso di mandarti queste cassette magnetiche, e siamo già alla seconda, ti ho già detto e ridetto: tu, Nini, tutte le volte che sono stato vicino alla prova materiale del tuo... no, la parola non è *tradimento*, e perdonami se molte volte l'ho usata, tu non mi hai mai tradito così come io non potrò mai tradirti e dunque mi correggo: tutte le volte che sono stato vicino alla prova materiale di un tuo capriccio passeggero, tu, dopo, hai sempre negato. E io ti ho sempre ringraziato perché non era un tradimento e perché il tuo solo modo, istintivo, animalesco, ma semplice e bello, di comunicarmi che non era un tradimento consisteva nel negare il fatto. Hai negato perfino quando ti avevo vista con i miei occhi abbracciata allo scozzese e staccarti dall'abbraccio mentre ti voltavi verso di me. Hai seguitato a negare con tale meravigliosa violenza infantile che stavo quasi per credere di non averti vista! Ma per fortuna io sono figlio e nipotino di architetti, ho studiato dodici anni — elementari ginnasio liceo — al Leone XIII e cinque anni al Politecnico di Milano, infine, anzi prima di tutto, sono milanese: ho i piedi per terra come Stendhal.

Di nuovo non capirai. E non mi importa. Meglio così. Non voglio che tu finga di capire per accontentarmi. Mi basta che tu sia quella che sei. Ma volevo, esigevo un'eccezione unica, unica e valevole per tutte le altre. Quale?

Oh, Nini cara, Nini mia, Nini adorata, questo lungo e stupido ragionamento che ti ho fatto adesso, io certamente non me lo ero fatto in quel tardo autunno, una notte, a Milano, mentre chiudevo a chiave tutte le porte della nostra camera da letto e dei bagni e dei vestiaires perché non volevo che i ragazzi udissero! Non mi ero fatto, allora, nessun ragionamento, e questo di adesso è, dopo tanto tempo, solamente uno sfogo: il primo e l'unico. Però, come la vita di un essere umano è tutta intera nel suo cuore, così questo sfogo era, allora, tutto intero, chiuso e crudele, dentro di me. Tu mi vedevi e mi ascoltavi, Nini: vedevi con i tuoi occhi che ero pronto fisicamente a fare l'amore, ascoltavi con le tue orecchie. Volevo, questa volta, che tu non negassi più. A labbra strette, tremando, ma feroce e imperioso sussurrai:

«Io so con chi sei stata, è inutile che tu neghi, però devi dirmi il nome».

Ce n'è voluto. Ormai senza aggiungere altro ripetevo: «Il nome! il nome! il nome!» E finalmente anche tu hai sussurrato come me a labbra strette. Ma tu, una parola sola:

«Lorenzo».

Contro il muro, vicino lo stipite della finestra, a quel brutto Iddio! E, ecco, mentre continuo furioso, a un tratto rifletto: sto provando una gioia diversa da quella che mi aspettavo. Non è, come nel *dénouement* di tutte le commedie comico-sentimentali del teatro borghese, la solita gioia, molle e torbida, di fare all'amore con la propria moglie come con una puttana. Non è il solito abbandono e il solito appagamento. Per carità! Al contrario, è la gioia fredda e dura della certezza di fare l'amore con te che mi amerai e che amerò, qualunque cosa accada, l'intera vita. Con tutte le mie forze ti stringo e ti tengo contro il muro. Ti bacio e ribacio sulle tue labbra serrate e torno ogni volta a guardarti nei tuoi occhi chiusi. Vibri tutta, diritta, dura, viva come un albero giovane per sempre.

15

Abbastanza diversi per continuare l'intera vita a stupirsi vicendevolmente l'uno dell'altro, litigare e così non annoiarsi mai — ma anche abbastanza simili per riconciliarsi ogni volta e infine andare d'accordo: ecco, forse, negli elementi caratteriali dei due coniugi, il dosaggio misterioso ma non raro che garantisce un *vero* matrimonio.

E pensando e ripensando, Nini, al significato di quel "felice, felice", frammento autentico della realtà sfuggito alla confessione di Lorenzo, per anni mi sono chiesto: la tua felicità nel bosco del Monte Grammond come sarà stata? Qualche giorno dopo e forse soltanto qualche ora dopo, hai ripudiato il povero Lorenzo in un modo maligno, perverso, cinico: rimproverandolo sul lavoro, trattandolo male, rendendogli la vita impossibile, così da obbligarlo ad andarsene. Ti conosco: sei bravissima a dire bugie, non hai mai avuto la pazienza di fingere. Sono sicuro che, dopo essere stata con lui così felice, felice, lo hai odiato, ti era insopportabile.

Bene. Noi due, che siamo tanto diversi in tante cose, in questa magari ci assomigliamo tremendamente: un essere umano che ci ha inebriato facendo l'amore, càpita a volte che subito dopo lo detestiamo, non vogliamo più vederlo, ci rifiutiamo di avere rapporti. E, di solito, càpita poi che si cambi parere, di nuovo desideriamo abbandonarci allo stesso essere umano, il quale di nuovo ci affascina irresistibile: ma, per il bis, bisogna che siano passate settimane. E ci può essere anche una terza volta, una quarta, cinque, sei, molte volte ma distanziate, e via via sempre più distanziate...

Può anche darsi che tu stessa abbia intuito questo pericolo, ecco perché ti eri così affrettata a licenziare Lorenzo. Non solo siamo simili ma, che siamo simili, forse tu stessa lo sai. O sbaglio?

È una droga, vedi, Nini. Una specie particolare di droga sebbene comunissima, la più comune e forse la più innocua di tutte.

Droga formidabile. Ma a termine fisso e spietato. Droga sorda e cieca, sorda a ogni voce della ragione, cieca a ogni lume dell'intelligenza. Ma questa droga, soggetta a uno strano meccanismo dalla carica limitata, perde di colpo tutta la sua forza quando la carica finisce.

Droga di estrema potenza che necessariamente contiene nella sua medesima struttura organica un antidoto di potenza eguale e contraria, in una parola: la droga del desiderio. Infatti, consiste tutta nel desiderio, e appena il desiderio è colmato, l'effetto della droga è nullo: ritorniamo lucidissimi e acutissimi. All'apparir del vero, non siamo più in grado di ricordare e nemmeno di immaginarci che cosa ci abbia affascinato. Non solo: ma, lì per lì, l'intera nostra esistenza ci sembra senza senso e senza scopo.

Più o meno a lungo, allora, il potere della droga rimane sospeso. Naturalmente, a poco a poco il desiderio riaffiora, rinasce, ricomincia ad accumularsi su se stesso, finché ingigantisce, ci assorda, ci acceca, ci toglie la ragione, capitoliamo. Il potere di questa droga rimane dunque sospeso per qualche tempo più o meno lungo secondo i casi, e in ogni caso per un tempo inversamente proporzionale alla frequenza delle, diciamo, capitolazioni.

Possiamo noi due, Nini, chiamare amore questa droga? Certissimamente no.

Chiaro che la droga è un amore finto: l'illusione dell'amore. Mettiamo pure che sotto l'effetto della droga ci sembri amore, amore anche da giurarlo, perfino da gridarlo, in uno di quei momenti, al partner — ma, subito dopo, ci accorgiamo che ci siamo ingannati, tutto è già finito, non si tratta di amore.

Amore è, al contrario, qualcosa che, dopo la capitolazione, non soltanto continua ma anzi aumenta, cresce. Proprio perché mai interamente soddisfatti, vogliamo a tutti i costi qualcosa che sia meno breve, o più lungo, all'infinito. Solo questo, niente altro, è il segno del vero amore e del vero matrimonio: quando sappiamo di non esserci mai illusi, e non ci sentiamo mai delusi. Quando capiamo che è la realtà. Quando non abbiamo mai l'atroce, disperata rivelazione del nulla. Quando non assistiamo mai all'apparir del vero perché il vero è lì, tra le nostre braccia.

Nini, se tu hai preso la droga di Lorenzo e di altri, anch'io ho preso la droga come te, ma moltissime più volte. Giusto che sia così. Perché l'architettura è un'attività intellettuale e artistica, mentre i nostri cinque figli sono stati, per te, e in qualche modo sono ancora, un affetto anche sensuale, la conseguenza e la continuazione del nostro amore. Le tue capitolazioni, quindi, sono relativamente poche in confronto delle mie, e le mie così numerose che mi ricordo soltanto di qualcuna. Vorrei, adesso...

Adesso, in questo istante, prendo una decisione. Amore mio, tra qualche settimana sarò di ritorno a Milano. Finalmente ti riabbraccerò. Credo che non siamo mai stati lontani per tanti mesi. Tu hai il conto esatto. Adesso decido che non ti spedisco queste due cassette magnetiche prima della mia partenza come ti avevo promesso. Non te le spedisco e non te le porto nemmeno. Le consegnerò a Lizzie, la mia segretaria, perché le conservi e perché te le mandi dopo la mia morte. Ho ventidue anni più di te, quindi il calcolo delle probabilità è largamente dalla mia parte. La mia chiacchierata è quasi alla fine ma non finita. C'è ancora una cosa che ti debbo dire, forse lo sai di già, ma in ogni caso non ho il coraggio di dirtela. E d'altra parte non voglio che tu mi prenda in giro come la sera di Dakar. Perché se quella cosa la sai di già, va bene, pazienza, niente di male. Ma se per caso non sai niente, tu sei capace, appena te ne accenno, di gridare al tuo solito: "Per chi mi prendi? te me credi 'na mona? ho sempre saputo tutto". E io, allora, dovrei morire senza mai capire se mi hai preso in giro o no. No, riceverai queste due cassette dopo la mia morte, e così io morirò con la speranza di essere riuscito, un'unica volta, a nasconderti qualcosa. Ma tutto va bene in ogni caso, amore mio, perché è un po' il segreto di Pulcinella: e questo non perché sia facile scoprirlo, ma molto semplicemente perché, tutto sommato, è un argomento senza importanza. Qualcosa per noi, per noi due, da ridere e basta. La tristezza, quella tristezza che non può mai mancare nelle vicende di questo mondo, riguarda, semmai, altre persone, quelle che sono state, per noi, soltanto una droga, anche se hanno sofferto e goduto, com'è naturale, la loro realtà.

Da quattro anni non vedevo Nunzia. Da quattro anni e cioè da quando, salvo ripetute e lunghe vacanze a Ventimiglia o a Milano, insieme a te e ai figli, vivo a Chicago per la I.U.H.

Nunzia è morta a Catania la settimana scorsa. Era malata di una malattia incurabile: io lo ignoravo e, per essere sincero, non mi preoccupavo troppo di ignorarlo.

Chi era Nunzia? L'avevo conosciuta e subito avevo fatto l'amore con lei, non molto tempo dopo la fine della seconda guerra mondiale. Non posso ricordarmi esattamente la data. So soltanto che nello stesso periodo ho conosciuto te e subito ho fatto l'amore con te: con te, da quel momento, non ci siamo più lasciati.

Con Nunzia, ho continuato a vederla di tanto in tanto, a intervalli irregolari e in diversi luoghi, secondo quel ritmo incostante, alternativo e folle che la droga a termine fisso, la droga del desiderio impone.

Chi era Nunzia? Tu l'hai conosciuta, Nini mia, e te la ricordi. Nunzia è un nome che d'istinto ho dimenticato fino a questo momento: è il nome della signora Nicolosi.

Se l'ho conosciuta press'a poco nello stesso periodo che ho conosciuto te, non posso averla vista per la prima volta sulla *Paolo Toscanelli*.

Eccoti dunque il segreto che non ho avuto il coraggio di svelarti da vivo. Vergogna di me stesso me lo impediva. Il tuo sciagurato architetto non aveva resistito alla tentazione di architettare la nostra crociera. E se tu a un certo punto pianterai di ascoltare la prima cassetta per saltare — può anche succedere che la tua terribile impazienza ti faccia questo scherzo — per saltare subito alla fine di questa seconda, allora misurerai ancora meglio la mia infamia. Però, spero lo stesso che un giorno mi vorrai perdonare.

Con Nunzia e con Rosario (testa-di-carota si chiama Rosario, e non è morto, era molto più giovane di lei) ho combinato tutto il meticoloso imbroglio, e ti ho ingannata e coinvolta nella costruzione di questo capolavoro ignobile e imbecille persuadendoti a invitare Palermini.

Ti porto un esempio, uno solo per pietà verso me stesso, di come andavano le cose. Io ho avuto l'idea di incaricare Nunzia di affascinare subito Palermini. E è stata Nunzia a suggerire a Pepìn Palermini l'idea di unire i tavoli. Ma sono stato io a suggerire a Nunzia di suggerire a Pepìn di suggerire a te quest'idea appunto perché fossi tu, Nini, a suggerirla a me stesso!

Basta, basta.

In mia difesa, e sperando nel tuo perdono, ti porto anche un solo esempio delle mie intime reazioni e dei miei privati comportamenti durante la crociera. Non mi ero mai conosciuto fino allora, ecco la verità: fino allora mi attribuivo dei gusti che invece aborro senza saperlo perché non avevo mai fatto la prova. Insomma, e te lo giuro solennemente come se fossi sul letto di morte ora: a bordo della *Toscanelli* non ho mai provato il minimo desiderio di fare l'amore con Nunzia, con la quale però lo avevo fatto innumerevoli volte prima.

Ma allora perché, mi chiederai, perché ho organizzato quella infernale crociera?

Non so risponderti con sicurezza. Ho capito che come un uomo non riesce mai a fare tutto il bene che vuole, così non riesce neanche a fare tutto il male che vuole. Per quanto riguardava la povera Nunzia, durante la crociera mi sono trovato sempre, tutto quel tristo tempo, come mi ero trovato ogni volta immediatamente dopo la capitolazione: avevo davanti il nulla. E non pensavo che invece esisteva il vero, cioè tu.

Ecco, forse, perché ho fatto quella cretinata della crociera. Sono stato un Gobòi, che ha sognato nella sua follia un potere sovrumano, e alla fine crolla nel ridicolo sotto il mantello delle sue menzogne. Non un diavolo, ma un povero diavolo.

*

Incominciai a studiare la lingua italiana il giorno che l'architetto Vittorio Franzi mi aveva assunta come segretaria, e ho seguitato a studiarla sempre, così che sono stata in grado di ascoltare le due cassette magnetiche il giorno stesso della sua morte, avvenuta a Milano qualche anno fa.

Ho creduto di non sbagliare se non obbedivo alla sua ultima volontà: non ho spedito il materiale alla signora Franzi. Oggi anche lei, l'albero della vita di lui, lo ha raggiunto nel paradiso degli innocenti. La catastrofe è completa. Arriva dunque, per me, il momento di entrare in scena: proprio questo è... mon péché favori. D'altra parte, non sembra assurdo che il mio carissimo boss mi abbia affidato le due cassette senza prevederne la pubblicazione e, anzi, quasi per suggerirmela?

Il libro esce oggi in italiano e in inglese.

La mia conoscenza dell'italiano lasciava però ancora a desiderare, e ringrazio qui il mio vecchio amico Bill Weaver il quale ha tradotto, dall'italiano in inglese, la lunga telefonata esistenziale dell'Architetto a sua moglie e, dall'inglese in italiano, i primi tre capitoli che l'Architetto aveva vissuto con me, ma che io sola potevo scrivere.

Lizzie Jacobson
subalterna catastrofica

Chicago, senza data

Indice

1. Lizzie veniva verso di me correndo *pag.* 7
2. 4 p.m., ero al Drake 23
3. Naturalmente, sapevo a memoria . . . 39
4. Già molti anni prima 45
5. «Sai? la signora Nicolosi» 63
6. A proposito delle tavole 71
7. Dopo Casablanca, quando 77
8. «One sour, two sweet» 89
9. Tu non hai vizi, Nini 95
10. Dopo tre giorni di lavoro 107
11. Arrivati a Milano 121
12. Sono tornato a metà settembre 133
13. Le settimane, i giorni, le notti 147
14. Da quanto tempo 153
15. Abbastanza diversi per continuare . . 159

* *Incominciai a studiare la lingua italiana* . . . 167

Finito di stampare nel mese di marzo 1986
dalla Rizzoli Editore - Via A. Rizzoli 2 - 20132 Milano
Printed in Italy